LAS DOS GRACIAS O LA EXPIACIÓN

Fernán Caballero

CAPÍTULO I

A la caída de una tarde de invierno, apenas hubieron concluido de tocar la oración las campanas de la hermosa iglesia de la ciudad de Carmona, cuando trocando la gravedad de los sonidos que llaman a la oración, en gozoso repique, anunciaron el bautismo de un recién nacido.

Poco después salió del templo una numerosa comparsa de bien acomodados menestrales, echando el que iba al lado de la madrina, que llevaba la criatura, monedas de cobre con gran profusión a una turba de chiquillos que a grandes gritos pedían el pelón.

Al cabo de media hora salió igualmente de la iglesia una mujer que llevaba también una criatura en brazos, sin más acompañamiento que un anciano al parecer, que vestía un uniforme raído, un sacerdote, y un niño.

-Entre tanto, el cura de la parroquia inscribía en sus libros: «Hoy 4 de Febrero de 184... bauticé a María de Gracia, hija de Josefa Martínez, y de Mateo López, maestro carpintero de esta ciudad.»-Y en seguida con igual fecha:

«Bauticé en el mismo día a María de Gracia, hija de doña Teresa Espinosa de los Monteros, y de D. Ramón Vargas de Toledo, Caballero de Alcántara, coronel que ha sido de infantería.»

La comparsa que fue acompañada por la bulliciosa turba hasta su casa, al entrar en ella se dirigió a la alcoba de la parida, a la que puso la madrina la criatura en los brazos diciéndole:

-Aquí tienes a tu hija cristiana, Dios te dé a ti salud para criarla, y a ella el salero y gracia de su madre, para que le venga bien el nombre de Gracia que se le ha puesto.

La parida recibió a su niña, que era hermosa y robusta, con una alegría que aumentó la de los demás, los cuales, reunidos por el padre de la recién bautizada al rededor de una mesa cubierta de bizcochos, dulces y botellas de licor, empezaron a beber con ruidosa algazara a la salud de la madre y de la hija. La casa, aunque compuesta solo de un piso bajo, era desahogada y bañada de sol: su gran patio estaba, como suelen estarlo casi todos en Carmona, hecho un jardín de flores y escogidas plantas.

Al lado de esta casa se hallaba otra pequeña, igualmente compuesta de un solo piso; su patio, largo y angosto, era triste y sombrío por interponerse entre este y el sol de mediodía las altas paredes de un convento. Estaba la casa descuidada y no ostentaba, cual suelen hacerlo todas las de aquella población, el blanco incesantemente renovado de la cal. De este abandono se había aprovechado una yedra, afecta a la sombra por no tener flores que cual hijas alegres la saquen al sol; allí se había establecido y arraigado, como un amigo grave, pero constante y fiel de la casa triste y sombría, multiplicando sus frescas hojas como el amigo sus consuelos, y adhiriéndose más y más a medida que más descuidada y abandonada la veía.

Al tiempo de entrar en ella el sacerdote y el militar que salieron con la otra recién bautizada de la iglesia, atravesó el zaguán un hombre cargado con un pequeño féretro blanco; aquel féretro de ángel no llevaba flores, porque no había habido quien se las pusiera. El sacerdote que acompañaba al anciano había cuidado de que fuese sacado al tiempo que ellos entrasen en la habitación, para que la parida no advirtiese el momento, quizás más destrozador que el de la misma muerte, en que se cumple por completo la eterna separación.

El sacerdote, que era un joven, tomó de los brazos de la mujer que la traía, a una criatura pequeña y delgada, y entrando en la alcobita a la que daba paso la sala, la puso en los brazos de una señora, a cuyo doliente estado se unía el destrozo que habían producido en ella las vigilias y el dolor, causados por la enfermedad y muerte de la niña que acababan de llevarse en el féretro blanco.

-Señora, le dijo, aquí tiene usted a su hija, por la gracia de Dios cristiana; como padrino, he elegido para ella el nombre de nuestra santa patrona la Virgen de Gracia, y he suplicado al Señor que las dispensa, que colme de ellas a este angelito, que ha enviado a usted como compensación al llevarse el otro a su gloria.

-¡Ay, señor D. Manuel! repuso la pobre madre ¿y cómo hallarla si aquella niña que he perdido era todo mi consuelo, y el encanto de mi vida?

-Esta lo será, repuso D. Manuel.

-Esta muerte arranca de mi corazón un amor que era toda su vida.

-El amor que tenga usted a esta lo ocupará y vivificará pronto.

-En el corazón de una madre hay lugar para el amor de cada uno de sus hijos; ninguno estorba, pero ninguno reemplaza al que arranca la muerte. ¡Por Dios, señor D. Manuel, que me la traigan! que quiero verla, que me quiero despedir de ella!

-Señora, esa exigencia es contra la razón, y está poco conforme con la resignación que me ha prometido usted.

-¡Ay Dios, que ya no la veré mas! exclamó la madre prorrumpiendo en sollozos.

-Sí señora, sí señora, volverá usted a verla en la gloriosa patria común, en la que todos los amores puros se confundirán en uno.

La desconsolada madre, estrechando contra su pecho la niña recién nacida, exclamó: ¡pobre hija mía, bajo qué tristes auspicios entras en la vida! Y dejando caer su cabeza sobre la almohada, siguió un rato de silencio en que no se oyeron más que sus sollozos y gemidos.

De repente, mezclándose con estos, resonaron las alegres voces, cantos y vítores con que en la casa inmediata se celebraba el bautismo de la hija que había nacido a sus dueños.

-¡Pues no es esto insultar el dolor? exclamó el coronel, cuyo carácter, agriado por largos infortunios y reveses, se había hecho tétrico e intolerante.

-Así es la vida, D. Ramón, dijo el sacerdote. La alegría de los felices sin embargo no tiene ni puede tener intención de insultar al dolor de los desgraciados; así como las lágrimas de estos, no tienen ni pueden tener intención de motejar ni disminuir el contento de aquellos.

-Dice bien D. Manuel, suspiró la afligida madre; a mí me sirve, si no de consuelo, de lenitivo en mi pena, el saber que hay otras personas felices y contentas.

-Bien sentido, doña Teresa, opinó el sacerdote; sentir los males y gozarse en las venturas ajenas, es el cumplimiento de uno de aquellos santos preceptos en que se concreta toda la ley de Dios: amar al prójimo como a sí mismo.

A poco, y después de haber prodigado a los afligidos padres todos los consuelos que le inspiraron su fe y su corazón, se despidió el sacerdote, y en seguida entró la criada Josefa, que llena de satisfacción, participó a su señora que el padrino de la niña le había enviado dos jamones, una docena de gallinas, una fanega de garbanzos, una arroba de chocolate y una bandeja de bizcochos.

-¡Ay Dios mío! exclamó en el mayor apuro doña Teresa; ¿ves Ramón? eso es por haber aceptado que fuese el señor D. Manuel padrino de la niña cuando a ello se brindó!

-Y si no lo hubiese aceptado, ¿quién lo habría sido? respondió con amarga y dolorosa sonrisa el coronel.

CAPÍTULO II

Y ciertamente era difícil hallar una situación más aislada que aquella en que se encontraba el coronel. Hay desamparos e infortunios que pasan ignorados porque cuidan de no ser vistos, porque tienen el pudor de la pobreza noble, que consiste, no en avergonzarse de ella, sino en sufrirla con valor y sin el bochorno del socorro ajeno. En España hay además dos motivos muy poderosos para sobrellevar bien la pobreza; es el uno la escasa suma de necesidades y la sobriedad de sus habitantes, de lo cual nace la independencia que los distingue; y el otro es, que en esta católica nación está desde siglos arraigado el respeto a la pobreza. Puede que andando el tiempo se llegue a menospreciar, como sucede en otros países; pero por suerte aun está lejos ese día, sobre todo en provincias donde lo rancio no se desarraiga fácilmente.

El coronel era el tipo de la honradez llana, sencilla, sin énfasis ni presunción. Miope moral, veía bien lo que tenía cerca, pero no distinguía a larga distancia, por lo cual se vio en su azarosa vida pública muchas veces envuelto en situaciones críticas y comprometidas, que con más previsión hubiera podido evitar. Sin entusiasmo por su causa, como no lo tenía por ninguna, porque su carácter no era vano ni ambicioso para calcular, ni era sensible y apasionado para sentir, siguió la del Pretendiente, y al terminar la lucha se expatrió sin querer acogerse al indulto, por la razón (a su parecer) de que quien no había obrado mal, no debía por conveniencia implorar indulto; y sin tener presente que cuando una causa se adhiere a su contraria, llevando ambas la bandera del país, y dando por resultado la paz y la cesación del derrame de sangre, esta adhesión la exige el patriotismo, la sanciona la honra, y la aplaude la humanidad.

Refugiose en Francia, donde en breve se vio sin recurso alguno, y se decidió en su desvalimiento a dar lecciones de idioma español.

Para que enseñase a sus hijos fue llamado por una señora legitimista muy acaudalada. Interrogado por esta, le refirió en su primera entrevista con la mayor sencillez tales hazañas y tales sufrimientos, hechas y sufridos por ambas partes en la infausta guerra civil, dando como buen español tan poco valor a estos, y poniendo tan poco precio a aquellas, que se quedó asombrado y completamente cortado cuando vio a la señora, que tenía un corazón muy compasivo y mucho entusiasmo, prorrumpir en copioso llanto. Su delicadeza se alarmó considerando que pudiese ella sospechar, si al hacer estas referencias abrigaba intención de moverla a lástima; y cierto era que sin haberlo intentado lo había conseguido; pero en vano se esforzó la señora en procurar aliviar su situación: todas sus ofertas fueron rechazadas con una frialdad que denotaba que en vez de halagar herían, y solo admitió al cabo de algún tiempo, muy sencillamente, el préstamo que le hizo su favorecedora para poder regresar a su patria.

Cuando llegó a Carmona, pueblo de su naturaleza, se encontró con que su padre y el único hermano que tenía habían muerto, y la viuda de éste había regresado con sus hijos al pueblo de su nacimiento. Habiendo su hermano heredado el mayorazgo, no encontró más herencia que una casita, en que se estableció con su familia, y dos suertecitas de olivar. Apresurose a vender lo mejor de ellas para satisfacer su deuda, y quedó así reducido a una pobreza cercana a la miseria.

Habíale sucedido, pues, que con la mejor brújula, cual era su conciencia, pero con piloto poco experto y sagaz para navegar en el borrascoso mar de la presente era, como barco mal traído había venido a zozobrar en las mismas playas de donde salió con mar bonancible. ¡Ay! decía a veces, cuando él mismo hacia la referida comparación, hoy día está la brújula de más; lo que se necesita es buen piloto, y no lo he tenido yo en mi hoja de Toledo!

Había casado el coronel hacía años con una señora pobre, de una noble y distinguida familia de marinos, que le llevó la mejor de las dotes, la de las virtudes, un corazón amante y un carácter angelical. No tenía ni la propensión ni el talento suficiente para guiar a su marido; pero su completo y voluntario anonadamiento no nacía como en otras de una necia y afectada sumisión, sino de la sencilla y ciega fe en la infalibidad de aquel.

El coronel, como todos los que han roto violenta y radicalmente con la vida activa, se había, digámoslo así, acostado en su huesa anticipadamente, y caído por lo tanto en una apatía moral completa.

Era esta tal, que no se habría cuidado de la suerte de su hijo Ramón, si con esa previsión maternal siempre activa en el corazón femenino, no hubiese escrito doña Teresa, sin que lo supiese su marido, a parientes cercanos suyos, que ocupaban altos puestos en el Almirantazgo, a fin de que obtuviesen para el nieto de uno de los héroes de Trafalgar una plaza de guardia marina; y como hay más personas de lo que generalmente se cree que se interesan por otras y se ocupan en hacer bien, esto se había alcanzado.

Por suerte, como lo había previsto la buena madre al hacer aquellas gestiones, que su marido no habría consentido, sucedió que el coronel al tocar las ventajas, sin los inconvenientes de un desaire que habría dado por seguro, llevó a bien lo hecho, no pudiendo menos de conceder al buen sentido de su mujer, que si la propia abnegación, sea cual fuere la causa que la motive, es noble y grandiosa, no se puede sin faltar a los deberes de padre extenderla a los hijos.

Pero era el caso que Ramón, que tenía más talento, pero un carácter opuesto al de su padre, no quería seguir la carrera militar en ninguno de sus ramos, sino que embaucado por compañeros de escuela mayores que él, se obstinaba en ir a cursar a la Universidad y hacer la alegre vida de estudiante en Sevilla, que es el bello ideal de la juventud de los pueblos: inclinación por otra parte motivada en él, pues debía arrastrarle su instinto hacia la vía para la cual su talento natural le daba indisputable aptitud.

Como fruto prematuro de esta aptitud, puesto que a la sazón solo contaba Ramón trece años, referiremos una escena que había, pasado entre el padre y el hijo, y que hacía exclamar a aquel:-¡No hay niñez, no hay juventud en este siglo ardiente, azorado y especulador, en que nacen los niños hombres! Nuestro pueblo, creador de imágenes, expresaba lo mismo cuando el primer Imperio, diciendo que en Francia nacían los niños vestidos de coraceros.

Sucedió que un día entró Ramón alborozado en la sala donde se hallaba el coronel entretenido con su niña Gracia, que empezaba ya a responder a las primeras preguntas del catecismo, y a distinguir las letras; traía Ramón unos cuantos papeles en la mano.

-Padre, exclamó, aquí tiene usted su rehabilitación, su suerte, su fortuna; ¿cómo, señor, poseyendo tales documentos, ha permanecido usted fuera del lugar que le corresponde, renunciando a las ventajas y sueldo de su grado que estos papeles le pueden proporcionar? Y puso ante los ojos del coronel unas cuantas cartas, proclamas y órdenes secretas que comprometían en sumo grado a algunos jefes que en aquella época estaban en altos puestos.

-¿Quién ha autorizado a tu atrevida mano a registrar mis papeles? respondió el coronel levantándose bruscamente de su asiento.

-Con solo que sepan los que los han escrito, prosiguió afanado el muchacho, que usted posee estos documentos, estará usted seguro de obtener cuanto quiera.

-¿Y a semejante medio, exclamó el padre arrebatando a su hijo los papeles, quieres que deba mi rehabilitación y mi adelanto? ¿Y piensas que por cobrar sueldo añada esta última página a mi honrosa hoja de servicios?

Y con reconcentrada indignación y amarga ironía, añadió:

-Eres de tu siglo, eres travieso, y sabes calcular; pero mi vida pública a fe mía que no acabará con una infamia.

-Y saliendo al patio encendió un fósforo y pegó fuego a los papeles que en la mano llevaba.

-Padre, exclamó Román, lo que va usted a hacer es una tontería; lo ignorado, ni agradecido ni pagado.

-Sé, repuso el coronel, que se ha dicho que no tengo talento, pero estaba reservado a mi hijo el decírmelo en mi cara. Cultiva tú ese talento, esa travesura, escalera de mano con que hoy se escalan los puestos y riquezas, pero no esperes que sea yo quien te proporcione el primer peldaño.

-¡Padre! ¡padre! gritó Ramón queriendo apoderarse de los documentos que ya ardían, su vida de usted acaba; pero la mía empieza.

Mas su padre lo apartó con un gesto tan imperioso y lleno de majestad paternal, que le hizo retroceder intimidado, diciéndole:

-Todos los sacrificios pueden pedir los hijos a sus padres, menos el de su honra.

Y el coronel echó al viento las negras cenizas de aquellos documentos.

-¡Ideas quijotescas que están fuera de uso! murmuró el muchacho exasperado, entrando en la sala y tirándose sobre una silla.

-Pues qué ¿tales son los usos, que se llame quijotismo a la sencilla honradez? le dijo su buena madre.

-No sé, señora, la interpretación que usted y mi padre dan a la honradez, respondió el muchacho; pero tener en su mano los medios de ocupar un puesto, de asegurar a usted una viudedad y a sus hijos un porvenir sin perjuicio de nadie, y utilizarse de ellos, no creo que pueda ser contra la honradez; pero por lo visto, para mi padre es muy honroso, después de quemar sus naves, el quemar hasta su tabla de salvación.

-Tu padre ha hecho, como hace siempre, lo que ha debido; si no te deja bienes ni posición, adquirirlos podrás; pero si no te dejase un nombre honroso y respetado, esa hermosa prerrogativa de que podrás vanagloriarte, no te la podrías tú mismo proporcionar. Camina siempre derecho, hijo mío.

Tu padre siempre ha dicho que el ser hombre de bien es el mejor de los cálculos.

-Sí, para venir a parar adonde ha venido a parar mi padre, murmuró el muchacho.

-No siempre son las circunstancias adversas, objetó la buena madre.

La oposición de Ramón a la carrera que le habían proporcionado, acabó en abierta lucha entre el padre, que era obstinado y quería injertar la cruz de Alcántara en un uniforme de la marina real, y el hijo, que era temerario, decidido, y grandemente amigo de hacer su voluntad.

En vano se esforzaba la buena esposa con su genio conciliador por avenir a ambas partes,-haciendo presente a su hijo que en su situación, rechazar el enorme beneficio alcanzado que le proporcionaba una brillante carrera, que había sido la de sus ilustres abuelos maternos, era harto peor que haber quemado aquellos documentos, que de un modo tan vil le hubiesen proporcionado su porvenir.

El niño contestaba que abominaba la mar, que si se mareaba en una carreta qué no sucedería en un buque, y que antes araría la tierra que surcar los mares.

Cuando repetía la buena madre estas razones a su marido, reforzándolas con suaves observaciones sobre que los padres no debían violentar las vocaciones de sus hijos, el coronel cortaba con pocas palabras la discusión, diciendo: que a esa edad no podían aun existir esas decididas vocaciones, que lo que había era, que a su hijo le halagaba más la libertad de la vida estudiantil, que no la rigidez y disciplina de un colegio militar; y sobre todo, que no teniendo medios para costear sus estudios, careciendo la necesidad de ley, y la precisión de albedrío, éstas podrían más que la en el día tan desatendida potestad paterna.

De esta suerte, en este combate diariamente renovado, que privaba a la paz de su más dulce y preferido asilo, el hogar doméstico, pasó un año; al cabo del cual llegó la que corta y acaba todas las contiendas de los hombres, la muerte, y el coronel bajó al sepulcro tranquilo, como el que al echar la última mirada sobre su vida, no halla en ella cosa que le inquiete, le punce o le ruborice; tan confiado en la misericordia divina como en su providencia;-de manera que no se acordó de su familia sino para bendecirla y decir estas últimas palabras a su desconsolada mujer:

-No llores tan corta ausencia, Teresa, cría a nuestra hija a tu semejanza, y habrás cumplido en todas sus partes la dulce y noble misión de la esposa.

D. Manuel arrancó de la cabecera del moribundo a la anonadada Teresa, que para más desconsuelo se hallaba en cinta, y ocupó su lugar, que no abandonó hasta después de haber encomendado el alma y cerrado los ojos a aquel hombre honrado.

El desconsuelo de la viuda fue desgarrador; en su noble corazón se había hecho más profundo y más tierno el cariño a su marido a medida que más desgraciado, abatido y triste, por sufrimientos morales y físicos, lo había visto.

Algún tiempo después dijo D. Manuel a la afligida viuda (siguiendo las instrucciones que le dio un rico y caritativo marqués, que se interesaba de corazón por la virtuosa y noble señora), que el difunto padre de este señor había dejado en su testamento una manda pía que consistía en sufragar los estudios en Sevilla a un joven que tuviese las circunstancias que reunía Ramón, esto es, pertenecer a una familia distinguida y desgraciada, y ser hijo de viuda.

Quien no sabe mentir es crédulo, y doña Teresa nunca sospechó que fuese a la caridad de un vivo, y no a una manda pía, a quien iba a deber su hijo su carrera. La caridad es también ingeniosa para hacer el bien sin dar la cara, y a veces pasa por encima de su amiga la verdad, sonriéndole y poniendo el dedo sobre sus labios.

CAPÍTULO III

Preciso es antes de proseguir que conozca el lector al padrino que había sido de la niña, persona que sin tener parte individual en ninguno de los eventos de que se compone la relación que vamos a hacer, figura en ellos, ya para bien, ya para mal de esta familia: suave y oficioso instrumento para lo primero, completamente extraño e ignorante en lo segundo.

D. Manuel, hijo del mayordomo del marqués de San Adrián, fue tan bien inclinado en su infancia, que desde aquella época le había elegido el marqués para constante compañero de su hijo, niño triste y apocado, y ciego de nacimiento.

Manuel, pues, recibió la misma educación y enseñanza que recibió el heredero de su señor. Como sus buenas inclinaciones no se desmintieron nunca, a la edad competente eligió la carrera eclesiástica, cuyos estudios siguió en Sevilla, y le fueron costeados por el marqués.

Su padre le envió a parar durante este tiempo en casa de un amigo suyo, que era cura de una de las parroquias menos céntricas de Sevilla.

Este anciano vivía con una hermana y una criada, ancianas también, que formaban el interior más pacífico y reconcentrado que imaginarse puede. Su universo era su parroquia; los eventos de su vida eran las funciones y cultos que en ella se celebraban; sus ocupaciones el cuidado material de la iglesia y de los pobres.

El cura, que era estudioso, había reunido a fuerza de tiempo y de buscar ocasiones, una librería bastante numerosa y escogida, en que, como es de pensar, vestían los libros su poco elegante traje antiguo de pergamino, cubierto del cual un Mariana y un prontuario de teología moral del padre Lárraga, se miraban y encogían de hombros al ver sobre la mesa del cura un regalo que le había hecho un librero amigo suyo, que era un almanaque encuadernado en moiré y con los cantos dorados. Como esta recolección formaba las delicias de su poseedor, y esta era casi la sola persona que trataba, el escolar se fue embebiendo en su lectura, de manera que todo el tiempo que no empleaba en sus estudios, lo dedicaba a instruirse de su contenido, y llegó a sobrepujar al cura en conocimientos literarios, históricos y arqueológicos.

De esta suerte, siempre ocupado su tiempo y llena siempre su imaginación, aumentó su saber, se desarrollaron sus alcances, sin que nada perdiesen su candor ni su pureza de costumbres, no solo por inclinación y sentimiento del deber, sino por hábito.

Los hombres que viven en el mundo, no creen en estas puras existencias, las cuales atraviesan el revuelto mar de esta vida con su espantoso oleaje de malas pasiones, como cubiertas de un manto impermeable que ninguna de sus olas llega a traspasar; dándolas los menos materialistas y menos aferrados en oponerse a la evidencia, por posibles tan solo en el aislamiento y retiro de los claustros, con la exaltación de una devoción ascética, fruto de una enérgica reacción; y por enteramente imposibles en el mundo, en contacto con todas las seducciones que ofrece.

El cansancio de oír sostener este triste y torpe tema, hace mayor nuestro entusiasmo cada vez que observamos una de esas existencias inmaculadas, en las que no es la total ausencia de los vicios y de las malas pasiones debida a sacrificios, ni a heroísmo, ni a desengaños, sino muy sencillamente a falta de arrastre o a ignorancia de aquellas, y a la dulce y nunca desmentida costumbre de regirse por la ley de Dios. Este es el mayor comprobante de uno de los puntos más controvertidos de la doctrina cristiana: el lugar preferente dado al hijo pródigo; pues quien conoce la seducción del mal y la resiste, el que camina por una suave pendiente y retrocede, tiene más mérito que aquel que no sigue un arrastre que desconoce, y camina por una senda llana y derecha que le lleva, sin que en ella pueda perderse, al fin hacia el cual camina.

Después de ordenado de sacerdote, regresó a su pueblo con la cabeza enriquecida y sin haber empobrecido su corazón. Nombrole su antiguo compañero (marqués ya por la muerte de su padre), capellán de su casa, en la que éste vivía retirado de todo trato.

De esta suerte varió poco su vida sencilla y tranquila: estudiaba con placer, cuidaba y complacía con gusto al desvalido marqués, cumplía sus deberes de sacerdote con una dignidad sostenida y escrupulosa, no inspirada por sentimiento alguno personal, sino por las mismas funciones que ejercía. No bebía no fumaba, por la sencilla razón de que ni el vino ni el cigarro le gustaban. En cuanto a la cerveza, contaba alegremente que habiéndosela prescrito por un padecimiento de estómago el médico a la hermana del cura, se le encargó al sacristán que buscase y comprase una botella. Cuando la hubo traído, le dio el cura un poco de aquel líquido para que lo probase, y viendo que ponía mal gesto, le preguntó:-¿qué te parece, hombre?-Señor, contestó el interrogado, me parece que si cerveza hubiese habido en el Calvario, al Señor no le dan la hiel.

No conocía los naipes, porque nunca había visto juegos de baraja. Era sobrio por la razón de no haber comido sino en pobres mesas, o en la del marqués, que estando a régimen, nunca comía sino puchero; y solo se emancipaba D. Manuel de esta uniforme frugalidad para tomar a los postres mucha fruta, manjar favorito de los frugales españoles.

En cada mujer veía la pura virgen, la casta esposa o la austera viuda de que hablan las Escrituras y los Santos Padres; de estas a la odiosa ramera, no había para él gradación; así como no la había entre el respeto y el repulsivo desprecio que le inspiraban.

Estamos ciertos que hay hombres de mundo que de muy buena fe calificarán por este bosquejo copiado del natural a D. Manuel de mandria: de tal suerte la costumbre del mal trastorna las nociones. Pero es lo cierto que D. Manuel, sin acudir al heroísmo de la santidad, por su buena inclinación, buenos principios y buenos lados y ejemplos, había constituido su vida en la costumbre del bien, lo que le hacía llevarla perfecta, muy ajeno de que por tal la tuviesen ni Dios ni los hombres; pues sin ser santamente humilde (porque no era santo), creía su vida ni mala ni buena, ni el cumplir con sus deberes le parecía cosa digna de elogiarse.

No obstante, para ser verídicos biógrafos y probar que no hay interior humano bastante puro ni bastante atrincherado para que no penetre en él el mal espíritu, referiremos una circunstancia de su vida, en que puso el pie sobre la más resbaladiza de las malas pendientes.

Levantábase desde su llegada D. Manuel a las cinco e iba a la iglesia a decir misa y ayudar en sus funciones al anciano cura, que desde su infancia amaba y respetaba mucho; volvía después a su casa, entregándose al estudio y lectura hasta que le llamaban para desayunarse con el marqués, cuyo mismo desayuno de un huevo fresco y chocolate tomaba cuando no se lo impedía el ayuno. Eran sus estudios preferentes sobre la predicación, «ramo de su carrera eclesiástica por el que sentía una marcada vocación.

Sabido esto, sucedió que le fueron encomendados los sermones de un septenario. Cumplió tan admirablemente su misión, que todo el auditorio, incluso en él su pobre anciano padre, quedaron admirados y vertiendo lágrimas de dulce enternecimiento. Las autoridades civiles y eclesiásticas, las personas principales del pueblo, acudían concluidos los sermones a la sacristía a felicitarle y saludar en él a un nuevo padre Juan de Ávila, llamado por los buenos efectos de su predicación el Apóstol de Andalucía.

D. Manuel, lo hemos dicho, era bueno, era sano; pero no era santo y no tenía la humildad de tal. Estos elogios empezaron por halagarle, después le embriagaron, e iban quizás por sus grados contados a engreírle, cuando el anciano cura, que todo lo observaba con la vista perspicaz de la experiencia, le llamó una mañana al entrar en la sacristía.

-Oye, Manuel, le dijo; voy a referirte un lance que se cuenta de la vida del venerable Fray Diego de Cádiz. En una ocasión predicó un sermón, pero de tal suerte, que convencidas las cabezas, enternecidos los corazones, elevadas las almas de cuantos componían el auditorio, recibió una ovación entusiasta y fue llevado entre aplausos exaltados y tiernas bendiciones a su casa. Llegado a ella, confuso, pero enajenado, se fue a su retiro, en que había una santa imagen del Crucificado, ante la cual se postró; entonces oyó una voz, puesta por Dios en los labios de su imagen, que le dijo: Diego, qué bien he predicado hoy.

El cura dicho esto, se alejó, dejando a su oyente con la cabeza baja y confuso. Poco necesita el que nace bien inclinado y ha sido bien guiado, para retroceder en la resbaladiza senda. La lección no fue perdida. Se habla, hasta en lenguaje mundano y vulgar, aplicado a cosas menos espirituales, de inspiraciones; ¡dichosos los que las reciben de Dios!

En otra parte hemos tenido ocasión de manifestar que el rasgo que más distingue a los ricos habitantes de Carmona, es la caridad. Vicios y virtudes se generalizan y hacen endémicos en los pueblos a medida que se practican estas y se tienen aquellos; por lo tanto la caridad en grande escala ha dejado de ser loable excepción en aquella ciudad, por haber llegado a ser honrosa y admirable, costumbre.

Cuando hubo faltado el marqués, su hijo, tanto por sus buenas inclinaciones naturales como por la fuerza de la costumbre, y también por verse sin heredero, destinó gran parte de sus rentas a socorrer necesitados y ayudar a indigentes. Como es de suponer, estos beneficios fueron repartidos por mano de su amigo y capellán, con la decidida prohibición de que a nadie dijese cuál era la mano que los socorría.

D. Manuel, por las tardes, y mientras el marqués, provisto de unas gafas verdes, salía con un pariente a pasear en coche, se iba a la parroquia a buscar al cura, con el que daba un paseo por el arrecife.

Desde su llegada conoció en aquellos paseos al coronel y su hijo Ramoncito, que acompañaban igualmente al cura; desde luego le había apreciado mucho, así como su triste y angustiosa situación le habían conmovido profundamente.

Había hallado manera por medio de su criada de aliviarla algún tanto, sin que el coronel ni su mujer se hubiesen apercibido de ello; había hecho que el colono de la suerte de olivar pasase por una alza notable en su arriendo, abonándole él por orden del marqués la cantidad de la subida; y últimamente, por sugestión de éste, que en las obras de caridad hallaba placer, y hasta en combinarlas un entretenimiento, había insistido en ser padrino de la criatura que naciera, por tal de tener un plausible motivo para sufragar todos los gastos que este aumento de familia acarrea. ¡Cuántos socorridos existen! ¡cuántos amparados en sus quebrantos materiales o morales! El mundo es un valle de lágrimas, pero no un árido desierto; en él hay muchas encinas que extienden su sombra sobre la maleza. Pájaros que cantamos en él, no lo hagamos siempre posados sobre ruinas en voz plañidera; ¡hagámoslo también al amparo de esas santas y nobles encinas que tan altas y encumbradas descuellan en los bosques de Aranjuez, la Granja y San Telmo, con la suave voz que expresa el elogio y las bendiciones!

CAPÍTULO IV

Ocho años habían pasado y Ramón estaba en vísperas de concluir su carrera. Todos los veranos había venido a pasar las vacaciones con su madre y hermana, las que suspiraban por esta época, la sola animada y variada en su monótona existencia. Con Ramón, que era alegre, entraba la vida y el movimiento en aquella casa, en la que se le aparecía la suave imagen de su hermana Gracia, entre el lecho de una madre doliente y postrada, y la cuna de un niño enfermo y débil, como una vestal que a un tiempo reanimase el fuego próximo a extinguirse en la ceniza, y amontonase combustible para avivar una chispa que no tuviese fuerza para arder.

Así había pasado Gracia su corta vida, por haber quedado su madre desde la muerte de su marido y su último parto baldada. Gracia no era hermosa, porque el cuidado moral y material de enfermos y un perpetuo encierro, no embellecen la persona aunque santifiquen el alma; Gracia no era hermosa, pero no se habría podido hallar un ser más poético, interesante y simpático. Era una mezcla singular en tan corta edad (pues solo contaba entonces trece años) de madurez e inocencia, de reflexión y de sinceridad, de docilidad y de iniciativa, de finura y de naturalidad: dotes debidas a las inspiraciones de su corazón, bien guiadas por su excelente madre y el único amigo que tenían, su siempre cuidadoso, atento y cariñoso padrino.

Su hermanita de la caridad, como la apellidaba siempre Ramón, era, según este decía, la lámpara de alabastro que alumbraba aquella casa; pero poco había de poder él si no llegaba a ser la llama de gas que le diese luz y esplendor.-¡Qué esplendor! contestábala modesta Gracia; trae salud y fuerzas a la madre y al hermano de mi alma, y deja los esplendores para el sol.

Manolito, que tenía cerca de ocho años, solo aparentaba cinco o seis; tal era la delgadez y debilidad de su naturaleza; tímido, asombradizo y melancólico, no conocía de la niñez sino su desvalimiento. Toda la energía nerviosa de su ser estaba concentrada en el apego apasionado a su hermana, que apenas salida de la primera infancia, cuando guiada por su madre, que no se podía mover, empezó a hacer sus veces con el pobre niño. Alguna vez, cargada con él en brazos, le había dado por distraerle algunos paseos por delante de la puerta de su casa. Solía entonces pasar por allí Gracia López, la hermosa y robusta hija del carpintero, que volvía de algún paseo cargada de flores.

-Adiós, solía decirle, adiós, ama seca: ¡ya podría mi madre decirme a mí que cargase con mis hermanos! ¡Que si quieres! para eso tiene a la hija de la tía Blasa por niñera; bien que mis hermanos pesan más que el tuyo. ¡Qué hermoso está! ¡parece la guadaña de la muerte; ni para alfiler sirve! Vaya, que en tu casa no medran ni flores, ni gentes, ¡y es más triste! parece un cementerio de vivos!

-Mi hermano Ramón, bien fuerte y sano que es, contestaba Gracia sencillamente.

Pues ¿y tú, que cabes holgada en una paja de centeno? ¿porqué no te compra tu madre un miriñaque?

-Porque ni tiene dinero, ni yo salgo a la calle.

Cuando las vecinas oían estos y parecidos diálogos, su recto juicio y buen sentido salían a la defensa de Gracia Vargas, y solían decir duras verdades a Gracia López, deshaciéndose en elogios de la pobre niña a quien ésta tan gratuitamente hostilizaba; de manera que habían acabado por denominarlas para distinguirlas: buena Gracia y mala Gracia. Esto había exasperado a la última y arraigado en ella uno de esos odios inveterados que suelen germinar en las almas duras, como la higuera del diablo nace espontáneamente entre piedras, y que si son reforzados por la envidia, se hacen implacables, acerados e inextinguibles.

No sucedía lo que a su hermana a Ramón Vargas, que se había hecho un hombre alto, fuerte y hermoso. Era parecido a su padre, pero le faltaba el aire noble y de caballero que la nobleza de su alma y la apostura militar unidas habían dado a aquel. Sus maneras eran descompuestas; nunca se sentaba, sino que se tiraba sobre una silla, deplorando que en su casa no hubiese butacas, y asegurando que el primer dinero que ganara sería para comprar cigarros habanos, y el segundo para una butaca.

Cruzaba las piernas, y doblando el cuerpo, se sujetaba la de encima con ambas manos, teniendo así su persona una posición tan garbosa, que la hubiese aprovechado Fidias para modelar por ella alguna de esas estatuas en que brilla en toda su perfección física y moral (pues las actitudes expresan) la hermosura y la nobleza humana.

En medio de la total despreocupación que era la base del ser moral de Ramón, conservaba un recuerdo de la cruz de Alcántara, que, como una mosca que se ahuyenta, volvía a zumbarle incesantemente en el oído. Esto hacía que se hubiese apegado con preferencia, entre sus amigos de Universidad, a un joven, hijo del marqués de Benalí, rico título de un pueblo de la provincia de Córdoba, que había casado con la hija de un grande de España. Alfonso, tal era su nombre, había pasado muchas temporadas en Madrid con su madre, y había adquirido, injertadas en su carácter naturalmente fino y delicado, elegancia y suavidad de maneras.

Este giro grave y distinguido que jamás se desmentía en Alfonso, era, a pesar que de él se burlaba el campechano Ramón, lo que le había atraído irresistiblemente hacia él.

El último año le suplicó que viniese a pasar con él las vacaciones a Carmona; y Alfonso, cuyos padres habían ido a París por ver si hallaba el marqués alivio a un arraigado padecer, consintió en acompañarle.

-Chico, le dijo un día Ramón, bien podías venirte, no a desenfrailar, sino a enfrailar conmigo a Carmona estas vacaciones.

No me digas chico, ni uses esa voz grosera y chabacanea, no hija de la confianza de la amistad, sino del mal tono en el trato: voz común y vulgar; dime Alfonso, como yo te digo Ramón.

-Noble marqués futuro, contestó Ramón haciéndole un saludo, ven a ver el finis, que si bien no es el coronat opus de mi estirpe, es su mortaja; pero no temas que por entrar en nuestro panteón te prostituyas, que sobre esa tumba verás una cruz de Alcántara vinculada desde hace muchas generaciones de padres a hijos, pero que no se verá en mi pecho, pues aunque es bien ancho, no quiero por lo mismo colgajos en él. ¡Preocupaciones! cada cual es hijo de sus obras; dinero es lo que debía haberme dejado mi padre, pero el buen señor se aferró en lo que, ni tiene galardón en esta vida, ni premio en la otra.

Lo que iba diciendo recordó a Ramón lo ocurrido con los documentos que había quemado su padre. Se lo refirió a Alfonso, y concluyó diciendo: de manera que gracias al buen señor de mi padre, anciano de cortas luces echándola de heroico, y a una buena señora de luces cortas, sumisa y adherida a la opinión de su marido como un guante mojado a la mano, no me veo hoy que concluyo mis estudios, como fulano, mengano y zutano, debutando con un elevado puesto y un buen sueldo, sino que aquí me tienes con mi carrera concluida, sin tener una protección, ni medio alguno para aprovecharla y poder ser útil a mi familia; y cata ahí el resultado del heroísmo cena a oscuras de mi padre.

-¿Es posible, Ramón, repuso Alfonso, que califiques de acción heroica la de tu padre? ¿Qué diría la opinión pública, que al fin todo lo descubre, de los medios puestos en juego por tu padre, si para medrar se hubiera valido de ellos?

-Ya saliste tú con tu ídolo la opinión pública. Desde que los periódicos se han apoderado de ella y la han dividido entre sí, nadie le hace caso, pues, solo entera y compacta, justa, recta y desapasionada, es la opinión pública aquella poderosa fuerza moral, aquella solemne voz que mereció ser encumbrada con el nombre de voz de Dios; pero hoy día es una cotorra chillona, que no hace sino repetir lo que le hacen decir. ¿Crees tú, pulcro Alfonso, esquivar su mordacidad?

-Sí, no dando razón a que me censure y solo pueda calumniarme.

-Te harás esclavo, exclamó Ramón.

-Todos lo somos, y ya que lo sea, quiero serlo de un buen amo.

-¡Ay Alfonso! repuso Ramón cambiando de tono, si te oyera D. Manuel te diría que no hay más buen amo que Dios, y que todos los demás son ídolos; pero hablando de tejas abajo, te diré, mi amigo, que ni el D. Quijote de Cervantes, ni el Quijote de mi padre, se han cuidado nunca de ella, y que tenían otro guía más sólido y noble, aunque tan ilusorio como es el tuyo; este les llevaba ante todo a satisfacer su conciencia, y no a la opinión pública.

-Con dos guías se puede llegar al mismo punto, repuso Alfonso; alguien ha dicho que no basta ser bueno, sino que es preciso parecerlo.

-Sí, pero allí viene el parecerlo después del ser bueno, mas tú truecas las primacías; bien advierto que te parezco poco escrupuloso, y que piensas de mí que por una ventaja real sacrificaría yo tu ídolo; puede, pues no es tu ídolo el mío, como tampoco lo es el que lo fue de mi padre, y no pienso por tonterías y exageraciones morirme de hambre. Te repito que ese ídolo que es para ti la opinión pública, desde que ha trocado su tono grave y austero por el tono frívolo y sarcástico, desde que suenan sus cien trompetas discordantes en tonos destemplados, nadie le hace mayormente caso; vanos serán tus esfuerzos por dominarla. ¿Puedes acaso esperar que ande derecho por la senda de la verdad quien premeditadamente se aparta de ella? ¿Pedirás justicia al que se emancipa de la ley de la razón, que hace de la justicia una deuda de honor de hombre a hombre? Desde ahora te predigo que serás víctima de tu orgulloso empeño.

-Si orgullo fuese, repuso algo sentido Alfonso, sería un noble orgullo.

-Un pícaro, vestido de caballero, es tan pícaro como otro vestido de presidiario. El orgullo aristocrático, mató y reemplazó al orgullo feudal que yace en su cota de malla y yelmo. El orgullo popular mató y reemplazó al aristocrático, que yace en sus vestidos de terciopelo y pelucas empolvadas. Este a su vez será muerto por otra especie de orgullo, pues como añade el mismo D. Manuel, solo un enemigo tiene el orgullo que le mata sin reemplazarle, y es la humildad cristiana.

-Me recuerdas, dijo sonriéndose Alfonso, por encumbrada que sea la comparación aplicada a nosotros que somos estudiantes, a Diógenes, cuando pateando las alfombras de platón, dijo: pisoteo el fausto de Platón; a lo que respondió este: sí, pero con otra clase de fausto.

-Y ambos, como diría D. Manuel, añadió Ramón riéndose, hijos del mismo mal padre.

-¿Quién es ese D. Manuel? preguntó Alfonso.

-Es, contestó Ramón, el ser benéfico que la Providencia envió a nuestra familia. En sus brazos han sido bautizados mis dos hermanitos; en sus brazos murió mi pobre padre; por su mediación me fue aplicada la manda pía que ha sufragado los gastos de mis estudios; él ha proporcionado un honroso enterramiento al que me dio el ser. Si llego alguna vez a ser ministro, a fe mía que he de hacerle obispo.

-¿Es vuestro pariente?

-Por Adán y Eva.

-Tanto más mérito contrae.

-Tanta más gratitud y cariño le tenemos, añadió Ramón.

CAPÍTULO V

Al cabo de algunos días de hallarse los amigos en Carmona, vino Alfonso a casa de Ramón para que diesen su acostumbrado paseo. A la vuelta hallaron los dos jóvenes a Gracia, que sentada en un poyete a la puerta de su casa, entretenía a su hermanito contándole cuentos.

-La sultana Scheherasada, dijo Ramón, que para entretener a este sultán Schachriar tiene un repertorio de cuentos interminable. Manolito, ¿quieres que te cuente el de la buena pipa?

-Esos son los que tú sabes, de pipa y de cigarros, contestó el pobre niño entre mal humorado y afligido; no quiero que tú me los cuentes, sino Gracia.

-Calla, Ramón, no le vayas a contar aquel cuento horrible del negro sin cabeza, que le tuvo impresionado e inquieto tantos días y noches, sin poder dormir.

-Y no te dejaría ese niño mimoso dormir a ti.

-Eso no importaría nada; pero es el daño que a él le causa el no dormir, ¡pobrecito mío!

En este momento volvía Gracia López a su casa, y pasó delante de ellos con un aire tan altanero, suelto y provocativo, que apenas podía concebirse en sus pocos años. Vestida y peinada con esmero, adornado su gran rodete de flores, animado el color por haber venido de prisa, era una beldad tan notable, que ambos jóvenes se quedaron admirados.

-¿Gracia López, así pasas de largo? no me has visto? le dijo Ramón.

-¿Pues no había de verlo? ¿tengo acaso los ojos en presidio? contestó ella.

-¿Gracia López, sabes que apenas te reconozco? ¡Cómo has crecido y te has desarrollado de un año a esta parte! ¡Estás hecha una mujer!

-Y usted un hombre, señorito, y por lo tanto, ya no está el tutearse de razón.

-¡Hola! ¿esas tenemos? repuso Ramón acercándose a ella. ¿Y va usted a poner el dictado como un muro entre nosotros?

-Yo ni quito ni pongo.

-Pues entonces no me opongo al usted, y aunque sea al usía, porque podré decirle que está usía hermosa y desconocida, así de parecer como de trato. Más hermosura, pero más desabrimiento; váyase lo ganado por lo perdido.

-No: váyase lo perdido por lo ganado.

-Sea; a mí me gustan los potros por domar.

-A mí no, recalcó la muchacha con descaro.

Ramón que la seguía entró en casa del bien acomodado carpintero su vecino. La mujer de este, que estaba en el patio, le recibió con mucho agasajo, y al ver que su hija, cuya hermosura tenía vanagloria en enseñar, seguía hacia las habitaciones, en que entró, se puso a llamarla; pero Gracia López, la mal criada y engreída niña, la oyó sin que acudiese y sin responder siquiera a la llamada.

-¡Qué desabrida es! murmuró su madre; pero qué quiere usted, las bonitas se engríen; ¿eso quién lo remedia?

El caso era que Gracia López, estaba picada de que Alfonso, que era el que entre los dos jóvenes le había llamado más la atención, no hubiese hecho caso alguno de su belleza, y por esa ansia de dominación propia de las malas almas, se había sentido herida, en su amor propio al notar la preferencia que aquel había hecho permaneciendo al lado de la hermana de Ramón. Alfonso, a quien había chocado el precedente coloquio descocado y grosero, así como el aire altivo de la niña, se había sentado efectivamente en el poyete al lado de Gracia Vargas, que sostenía en su falda la cabeza de su hermanito.

-¿Quién es esa muchacha? preguntó.

-Es nuestra vecina; nacimos el mismo día.

-¿Es tu amiga?

-No, yo no tengo amigas.

-¿Y no deseas tenerlas?

-Qué mas amiga que mi madre de mi alma.

-Es la mejor y la primera, pero yo hablo de amigas de tu edad.

-¿Pues qué, en la amistad hay edades?

-¿Ninguna distracción tienes?

-Muchas; cuidar a mi madre y hermanito.

-¿Qué, está enfermo?

-Sí, señor. Vino al mundo algún tiempo después de la muerte y enfermedad de mi padre, que tanto afligieron y destruyeron a mi pobre madre, por lo que nació Manolito, el hijo mío, con ictericia y con unas alferecías de que nunca le han podido curar. Tengo además las visitas de mi padrino, que me da lecciones y me manda libros entretenidos para leer, lo que al mismo tiempo entretiene a mi madre.

-¿Y qué libros son?

-Variados, de historia, de moral, de historia natural... y ahora me ha traído una novela.

-¿Una novela?

-Sí, señor; ¿lo extraña usted? ¿acaso son malas las novelas?

-No tienen fama de ser buena lectura para las niñas.

-Según sean; Gracia López me dice que lee muchas muy divertidas que le trae su padre del casinillo. Una había que tenía yo muchos deseos de leer, porque trata del Judío errante, y a mí me gusta mucho esa historia; pero D. Manuel no quiso, y por eso me ha enviado la que estoy leyendo, que es una cosa preciosa, y se llama Fabiola.

Alfonso se sonrió dulcemente, con la satisfacción de un alma noble en quien la realidad desvanece una maliciosa sospecha.

En este momento sonó el toque de oración, y la niña con la mayor naturalidad, porque en su retiro no sabía que aunque no sea obligatoria esta oración hubiese quien dejase de hacerla, se levantó y se puso a rezarla en voz alta.

Mientras rezaba había levantado sus ojos con una expresión plácida, recogida y melancólica, hacia el cielo, que iba trocando el divino color a que ha dado nombre, en ese tinte blanquecino que parece servir de mortaja al día hasta que se sepulta en la noche.

Gracia, cuyo rostro de frente era demasiado demacrado para constituir una verdadera hermosura, tenía en cambio la belleza poco común de un perfil perfecto formado por sus finas facciones y por la postura y corte de su cuello y cabeza, de manera, que vista de lado en la posición que había tomado, y con la expresión tan sencillamente dulce, pura y reflexiva que tenía, era ciertamente el ideal del poeta, del pintor, y del hombre que piensa y siente.

Nosotros entendemos por ideal, no un nombre vano de una cosa que no existe, sino el último grado de la estética de las cosas humanas, que la realidad no llega a alcanzar.

Cuando hubo concluido se volvió a sentar, puso la cabeza de su hermanito sobre su falda, pero sin dejar de fijar sus ojos en el cielo.- ¿Qué miras, Gracia? ¿qué buscas en el cielo? le preguntó Alfonso, que al tutearla aun la trataba de niña sin que ella lo extrañase.

-El descubrir la primera estrella, respondió Gracia.

-¿Es algún agüero? crees ver en ella la tuya?

-¡Oh, no! bien ha dicho usted que esos son agüeros, aunque son bonitos y poéticos: pero yo no soy poeta, por lo que no podría explicar la atracción que sobre mí ejercen las estrellas; pero más que nada es una idea religiosa, porque entre las obras de Dios, son una de las más hermosas las estrellas. Así, en la que a las demás se anticipa, me parece ver la primera palabra del Credo, y por un impulso de glorificación a Dios, apenas la descubro, cuando alzo al Señor mi espíritu con el símbolo de la fe.

-¿Quieres, Gracia, que te recite unos versos que he compuesto a las estrellas?

-Ay, sí, sí, cuánto lo agradeceré: seré como el pajarito que no sabe cantar y escucha enajenado al ruiseñor.

Apenas empezaba Alfonso a recitar su composición, que oía Gracia embelesada, cuando se oyó la débil voz de su madre que la llamaba.

-Mi madre me llama, exclamó interrumpiéndole Gracia; y tomando a su hermanito dormido en sus brazos, desapareció sin pensar en despedirse de Alfonso.

-Si ángeles hay en la tierra, pensó este cuando estuvo solo, esta niña es uno de ellos.

CAPÍTULO VI

Mientras Ramón, a pesar del sincero cariño que tenía a su madre, mortificaba el ya tan abatido espíritu de esta señora con las recriminaciones que hacía a su padre, pasaba una escena de distinta índole en casa del marqués de San Adrián. Sentado éste sobre un sofá, reclinado en sus cojines, oía complacido lo que su capellán le refería de la manera brillante con que había concluido Ramón su carrera, y de lo bella y vigorosamente que se había desarrollado su físico.

-Pero ahora, añadió D. Manuel, a quien los años que habían pasado suavemente en la más dulce de las vidas, la monótona, habían dado mucha madurez y reflexión sin cambiar en nada lo apacible y benévolo de su carácter, ahora ¿qué va a ser de él?

El marqués apoyó sobre los cojines del sofá su cabeza, calva y cana ya por sus padecimientos, a pesar de ser poco mayor que su capellán, el cual parecía, con alguna corpulencia más, casi el mismo que era cuando regresó de Sevilla; y levantándola después, con alguna animación,

-Manuel, le dijo, he recordado lo que olvidado tenía. El hermano de mi padre es ayudante del rey: jamás le he molestado con empeño alguno; aunque es mi tío, está llamado a ser mi heredero: en vista de esto, y de que una desatención de su parte podría ser perjudicial a sus intereses, creo que me atenderá. Le vas, pues, a escribir una carta de recomendación para Ramón, en los términos más apremiantes y expresivos. En cuanto a los gastos del viaje y estada en Madrid, fácil será hacerles creer que son parte de la manda.

Con la sinceridad y con el calor propios de un corazón nacido para el bien, y que del bien había hecho todo el interés y ocupación de su vida, acogió D. Manuel y dio gracias al marqués por este nuevo beneficio, que costándole a él poco, acababa de cimentar el Porvenir de un joven de mérito y de amparar su desvalida familia; y concluyó opinando que era llegado el caso de que supiesen a quién eran debidas tantas y tan trascendentales mercedes.

-Eso no, exclamó el marqués apurado, no lo pienses; querrán venir a verme y darme gracias, y solo el pensarlo me agita. No, Manuel: ¿crees que pongo precio ni doy valor a la gratitud de los hombres? Ninguno; y si supiese que el ayudar a los necesitados era darles ocasión de que interrumpiesen mi sosiego, dejaría de hacerlo en vida para que después de muerto se hiciese en mi nombre. La carta, que lacrarás, puedes decir que es una sencilla carta de recomendación que me has pedido, lo que no vale la pena de agradecerse. Y después añadió:

-¿Y tu pobre ahijadito, que es el que más me interesa?

-A fuerza de cuidados va saliendo adelante. Encanta ver aquella niña, su hermana, hecha, como la llama su hermano Ramón, una hermanita de la caridad: ¡ay, señor marqués, qué buena escuela es la desgracia! ¡qué buena preceptora la necesidad! Si a estas lecciones se juntan los ejemplos de una madre justa y cristiana, con resignación de mártir, conformidad y dulzura de santa, dan por fruto criaturas que bien pueden, envueltas en su humildad, pasar inadvertidas de los hombres en su modesta senda, pero que Dios mira con predilección y complacencia.

-Manuel, dijo el marqués, si quieres a tu ahijada, pido a Dios para ella que así siga su vida, y que nunca la perciban las miradas de los hombres.

Según lo había dispuesto el marqués, arregló D. Manuel todo este asunto, y como lo había previsto también aquel, creyeron en la ampliación de la obra pía. Ramón tomó la carta con entusiasmo, creyendo en su poca experiencia que llevaba una llave de oro que le abriría desde luego un seguro y brillante porvenir.

Alfonso, que tenía más mundo, sin desilusionar a su amigo se sonrió al ver su fe en esa carta de un oscuro y valetudinario marqués de provincia a un cortesano, porque estaba muy lejos de sospechar, ni el apremiante contenido de la carta, ni las circunstancias que mediaban y la hacían una carta de crédito pagadera a la vista.

Los amigos partieron, pues, juntos para Madrid. Grande fue el desconsuelo en casa de Ramón. Su pobre madre lloraba su separación como eterna, porque no pensaba volver a verle. Ramón, que quería mucho a su madre y a sus hermanos, no obstante la íntima satisfacción que le causaba ese viaje que hacía en las suaves alas de la esperanza, se afligía del dolor de los seres que amaba. Madre, decía, me voy, pero es para prepararnos allá un dulce interior en que nos reunamos todos: ¡no se aflija usted, madre, que poco ha de vivir quien no me vea en buena posición adquirida por mí!

-¡Hijo de mi alma! respondía su madre, recuerdo que tu excelente padre, que santa gloria haya, decía que eras listo y travieso; pero te suplico, te encargo y te mando, que tengas presente que desaprobaba esa travesura, como gula de la vida y comportamiento del hombre. No olvides el refrán que dice: quien va despacio, anda bien; quien anda bien, anda mucho. Nada hagas ahora lo que al fin de tu vida no quisieras haber hecho, para que tengas la muerte del justo, y puedan poner sobre tu sepultura el sencillo, pero honroso epitafio, que han puesto sobre la de tu padre: «Aquí yace un hombre honrado.»

-Y tú, Gracia mía, dijo Ramón mezclando en un abrazo sus lágrimas con las abundantísimas que derramaba su hermana, ¿qué me encargas?

-Que pidas a Dios, contestó ésta, que dé vida a nuestra madre, y salud a nuestro hermanito.

-Sí que lo haré, hermana mía, pues no podré pensar en vosotros sin pensar en Dios y los ángeles. ¡No llores! vamos a ser todos felices; el primer dinero que gane, no lo gastaré en cigarros, no, que será en un vestido para mi hermanita de la caridad.

-¡No, Ramón, no; cómprale juguetes a Manolito, que es el pobrecito mío tan triste y tan apocado, y que cuando se distrae está mejor!

-¿Y a mí qué me encargas, Gracia? dijo Alfonso enternecido al presenciar el amor y la consagración de aquella dulce criatura a los suyos.

-Que no me olvide usted, dijo Gracia, la cual se había apegado con tierna simpatía a aquel joven bello, fino y delicado, que era el solo ser que fuera de su padrino le hubiese demostrado interés.

¡Eso nunca! respondió Alfonso con cariñoso y convencido acento; la memoria olvida, el corazón no. Pero yo te hago igual encargo: no me olvides.

-No olvidaré a usted: el recuerdo es como las cuentas del rosario, siempre dicen lo mismo, y siempre se reza con la misma devoción.

-Y cuándo pensarás en mí?

La niña bajó un momento su cabeza, sus lágrimas cayeron sobre sus manos que tenía cruzadas sobre su pecho, como para comprimir su dolor, y no aumentar con él el de su madre, y dijo en voz queda:

-Cada tarde, cuando vea asomar la primera estrella.

CAPÍTULO VII

No es nuestro propósito seguir en todas las fases y pormenores de la vida pública a las personas que hemos presentado, sino en aquellas de la vida íntima y privada que se enlazan con el asunto que bosquejamos. Basta saber que Ramón había llegado a Madrid, y que había sido recomendado de una manera especial y activa a un ministro por el personaje a quien había escrito el marqués de San Adrián; que éste le dio un modesto empleo, al que renunció por mezquino poco después.

Dejando pues a Ramón por dos años, que empleó en Madrid con bastante provecho, gracias a su travesura, volvamos a encontrarle en ocasión de haber venido a Sevilla y pasado a Carmona a ver a su familia. Aunque su viaje no había tenido esta visita por objeto (pues cuando la cabeza lo absorbe todo el corazón queda muy postergado), sintió el más intenso placer al hallarse entre los suyos; pero se mezclaba a este placer una dolorosa compasión al hallar a su madre siempre inmóvil y postrada, envejecida de muchos años en los dos que habían trascurrido, delgada a un punto que parecía incompatible con la vida, y tan pálida, que cuando cerraba sus dulces y serenos ojos se la habría creído cadáver. Su hermano Manolito seguía macilento y enfermizo, y entre ambos estaba Gracia, formada, embellecida, como un sereno y despejado mediodía entre una débil y nebulosa aurora, y un triste y nublado ocaso.

Al cabo de algunos días, le dijo su madre:

-¡Cuán poco has escrito, hijo mío, y los cortos renglones que de tarde en tarde hemos recibido de ti, nada nos han dicho de tu suerte! Dime, hijo, ¿qué haces en Madrid?

-Un poco de todo, madre, contestó Ramón: versos satíricos, artículos de fondo, ejerzo la abogacía, defiendo malas causas, como suelen hacer usted y otras buenas señoras; escribo correspondencias, invento noticias, juego en la bolsa por otros y algo por mí, vendo protección, ahueco la voz y aguzo la pluma y el ingenio; en fin, me busco la vida, y un porvenir como Dios me da a entender.

-¿Dios? preguntó con tierna solicitud su buena madre.

-O la fortuna, que es la que más directamente interviene en estas cosas, contestó su hijo. Madre, no meta usted el nombre de Dios en todo. ¿Le irá usted acaso a decir a la cocinera que en nombre de Dios no eche demasiada sal, y que no deje pegarse la olla?

-No se trata en lo que vamos hablando de sazonar una comida, hijo mío; se trata de consultar y guiarse por la conciencia en todos nuestros pasos, pero con más particularidad en los primeros y más trascendentales de la vida.

-Madre, repuso Ramón, la conciencia tiene una vara de medir distinta de la que sirve para el comercio, que es universal, y la misma para todos. Si usted, que es una santa, fuese a medir con la de su conciencia las acciones de los hombres que se mueven en la vida activa, y tienen que seguir usos y costumbres que existen sin ellos haberlos creado, eso sería querer hacer pasar un torrente por un angosto tubo de puro y delicado cristal. Lo que ahora hago es preparar el terreno para ser elegido diputado en cuanto cumpla la edad.

-¡Tú!

-Yo: ¿pues qué le sorprende a usted? ¿Qué me falta para diputado?

-¡Hijo, tantas cosas!

-Madre, solo el voto de usted, que por suerte no es elector.

-¿Sabes, hermana, añadió Ramón dirigiéndose a ésta, que Gracia López está hecha un sol?

-Sí que está bien parecida, contestó la interpelada, siempre lo ha sido.

-¿Y porqué no son ustedes amigas?

-Yo no salgo nunca, Ramón.

-Pero ella podría venir aquí.

-Eso poco le divertiría.

-Pues vendría por amistad y no por divertirse. Ella lo desea, pero dice que tú nunca se lo has dicho; yo se lo diré de tu parte.

-Me harás el favor de no hacer tal, le dijo su madre.

-¿Y porqué, señora?

-Porque mi hija no tendrá más amigas que las que le elija su madre, que por lo pronto serán las que le convienen.

-¿Se acuerda usted todavía quizás, dijo Ramón sonriéndose, de la cruz de Alcántara de la cruz de Isabel la Católica de su abuelo el almirante?

-No miro los pergaminos de las personas, sino sus cualidades, para permitir a mi hija intimar con ellas.

-¿Y qué cualidades faltan a Gracia López para ser amiga de mi hermana?

Todas buenas, contestó su madre.

-Señora, un fallo tan acerbo se me hace extraño en los benévolos labios de usted, repuso con mal disimulado disgusto Ramón.

-Si la benevolencia sirviese para medir todo el mundo por un mismo rasero, y hacerse indistintamente amigo de los buenos y de los malos, esa benevolencia causaría más daño que la misma malevolencia.

-Ramón, preguntó Gracia a su hermano para cortar entre la madre y el hijo aquel debate, que parecía excitarlos a impulso de algún sentimiento o presentimiento oculto, ¿y tu amigo Alfonso?

-El marqués de Benalí, respondió Ramón, se ha dedicado a la diplomacia, que le viene de molde.

-¿Por qué?

-Porque en la corte de Inglaterra se ha perfeccionado en la altivez y la reserva, en la de Francia en la elegancia y quisquilla, y en la de Austria en la preocupación y susceptibilidad. Hace tiempo que no le veo; la última vez me preguntó por ti, Gracia, y me dijo que había visto en un álbum inglés una imagen de la inocencia velando sobre la infancia, que se parecía a ti.

Un sonrosado suave se extendió sobre las mejillas de Gracia, que iluminó su semblante como una débil luz ilumina y colora una lámpara de alabastro.

-Quiero y aborrezco a ese hombre con igual intensidad, prosiguió Ramón; me atrae y me desvía con la misma fuerza.

-Pero ¿por qué le aborreces? preguntó su madre.

-Porque sabiendo que le quiero se separa de mí.

-¿Y tú, no te has separado de él? tornó a preguntar su madre.

Ramón calló un momento, y dijo después:

-Puede; ¡nuestras sendas son tan diversas!

-Lo siento, Ramón.

-Él debe a sus padres, repuso éste, hallar su carrera hecha; al paso que yo...

-Ese es, no obstante, el amigo que te conviene, Ramón, replicó su madre. La preocupación de que le tildas, y la despreocupación de que sin deberlo haces gala, se modificarían quizás ambas en vuestro amistoso trato.

-Esta Sibila, es decir, adivinadora, repuso Ramón acercándose a su madre, y tomando entre sus vigorosas manos las finas, blancas y casi yertas manos de su madre, todo lo quiere saber, predecir y juzgar, desde su apartado retiro. Sabe cuál es la amiga que no conviene a su hija, y el amigo que conviene a su hijo.

-Las Sibilas iluminadas por su amor de madre, rara vez se equivocarán, hijo mío.

-Pues ya que acierta, indíqueme mi Sibila dónde hallar un tesoro.

-Hijo mío, no se hallan tesoros ni alhajas en la vida real, como en los cuentos de hadas; ni es necesario al hombre más tesoro que su honradez y trabajo, ni a la mujer más alhaja que su juicio y su modestia.

-Sistema de caldo de pollo y dieta de Broussais: muy sano, pero muy poco sustancioso, dijo alejándose Ramón.

CAPÍTULO VIII

Pocos días después estaba Ramón en casa del maestro López. Este, como ya se ha dicho, había prosperado, y en ese desnivel general y rápido, hijo de nuestra era, y que sería inconcebible en tiempos normales, habíasele visto subir sin divisar en qué escalones asentaba sus pies; de la misma manera que a otros se les ve bajar sin que se descubra la rápida pendiente por la que se despeñan. En ambos casos, tienen por lo general más parte las circunstancias de la vida pública, y la marcha de la época que los empuja, que la acción de los individuos; pero por lo regular se ensalza al que medra y prospera, y se le adjudica el galardón de buena cabeza, así como al que decae y tiene mala suerte, se le culpa, porque no se toma para juzgar más regulador que el éxito. Falta tiempo y falta equidad al mundo para formular sus fallos; los fabrica al vapor, que es el método por el cual se va haciendo todo en este siglo de las luces, como modestamente se califica a sí mismo.

El maestro López había empezado por comprar la casa que vivía. Después había levantado sobre el bajo un cuerpo alto, en el que dispuso una sala de estrado, para la que compró en Sevilla buenos muebles, entre los cuales sobresalían dos butacas talladas y con muelles, que le habían costado cien duros cada una; un espejo diminuto, que costó solo media onza, y el retrato suyo y de su mujer, al óleo: dos estupendos mamarrachos dignos de los originales, pero colocados en soberbios marcos tallados y dorados.

Por de contado, aquel estrado estaba herméticamente cerrado, y no se abría sino para hacerlo admirar de los conocidos de sus dueños.

Lo que el maestro López, a pesar de ser un buen carpintero, no había podido pulir, era a su hijo, que antes y después de rico era un leño. Pero, eso no impedía, como solía decir el maestro López a Ramón, que se viese de sacarle un destino.

Ramón, que para lo sucesivo quería tener propicio al maestro López, hombre de influencia, prometía y aseguraba que su primer cuidado al ser nombrado padre de la patria, sería colocarle, aunque dejase cesante a algún matusalén de oficinas; porque los empleados, como los gobiernos y las botas, se gastan pronto, y es necesario reemplazarlos con novatos, que son muy preferibles a los rutinarios.

-¡Lo que sabe esta gente nueva! decía entonces admirado el maestro López a su mujer.-Y muy bien que dice, añadía sentenciosamente; los hombres no son como las maderas, que para que no se rajen y tuerzan, y puedan servir, es preciso dejar pasar el tiempo dando lugar a que se sequen y consoliden; los hombres han de ser nuevos y mozos, que mientras más sean lo uno y lo otro, mejor.

Ramón por de contado, no pensaba todo lo que decía; pero tenía que contentar al maestro López, y también a su hija Gracia, de la que estaba enamorado.

A pesar de que estos amores eran sabidos y muy celebrados por los padres, que bien conocían que el mozo era llamado a hacer carrera y a figurar, Gracia y Ramón, siguiendo la costumbre del pueblo, cuando en casa del maestro estaban reunidos, nunca se hablaban.

Esta universal e inveterada costumbre del pueblo tiene varios orígenes; es el primero el respeto a los mayores, en particular al padre; el segundo es una mezcla de pudor y orgullo que hace al amor huir de entremetidas y curiosas miradas y ocultarse como una joya en su estuche, como una esencia que en un bote se lacra, como las más bellas flores en un jardín reservado; y por estas y otras causas, en un círculo que bien puede formar una reunión, pero no una sociedad, en un pueblo morigerado como el español, nunca se acercan los muchachos a las muchachas, en las que la conversación con los mozos está mal vista.

Establecida esta costumbre, no pueden, ni les placería a los que son novios, infringirla llamando la atención y exponiéndose a la crítica. Por esta razón hablan los novios por las rejas, si bien con menos comodidad, con más franqueza y menos embarazo que delante de gente.

El maestro López estaba aquel día furioso.-Ese indigno hijo mío, exclamaba, me va a quitar la vida. D. Ramón, cuando sea usted diputado, no le saque usted empleo; sáqueme como en los odiosos tiempos del despotismo una orden para mandarlo a las islas

Marianas, y que se pudra allí entre las ratas. ¿No es allí, D. Ramón, donde hay tantas ratas? me parece que así lo dice el periódico.

-¿Y qué ha hecho su hijo de usted? preguntó Ramón.

-¡Pues no quiere el muy bárbaro casarse con la hija de un gañan!

-¿La hija del tío Escambrón? ¿Está loco? exclamó la madre.

-¡Buena cuñada quiere darme! dijo con desprecio y altivez Gracia,

-Yo creí, añadió el maestro López, que era un zoquete ni del campo ni de la ciudad, y sin más afición que su maldecida escopeta; pero el niño está saliendo un ciento-pies. ¡Casarse con la hija de un gañán! ¿Podrá darse mayor necedad?

-Ya veremos de impedirlo, opinó Ramón.

-No ha de poder impedirse, le ha dado palabra. D. Ramón, ello es que un tonto echa una piedra en un pozo y cien discretos no la pueden sacar.

-Y tan fea es la niña, añadió Gracia con burla, que el verla quita el hipo, y él tan torpe, que para hacer una O necesita un canutero. ¡Vaya una pareja!

Pocos momentos después de emitir esta opinión, decía Gracia López en la reja a Ramón, que se hallaba al lado de afuera:

-¿Con que las vanas de tu madre y hermana no quieren que yo vaya a su casa?

-No he dicho eso, Gracia, repuso Ramón; te he dicho las propias palabras que mi hermana me contestó; yo no miento nunca.

-¡Ya! ¡si tú eres muy caballero! los caballeros no mienten, ¿no es eso? Lo que te digo es que porque tu padre tenía sangre azul, galones y cruces, no quieren que te cases conmigo, porque se las come la vanidad.

-No es eso, Gracia...

-¿Pues qué había de ser?

-Que mi pobre madre está tan mala, tan triste y huraña, que no quiere ver a nadie. Bien sabes que fuera de D. Manuel, la hermana del cura, que es amiga antigua de madre, y el médico, no entra nadie en casa.

-Digas lo que digas, bien se me advierte que estás supeditado por ellas, y ellas por su gran orgullo. ¿Qué hombre con barbas tiene que contemplar voluntades ajenas para disponer de su suerte!

-¡Ay, Gracia! hace media hora que de muy otra opinión eras, cuando se trataba de tu hermano.

-Eso es distinto, contestó Gracia, que tenía salida a todo; mi hermano tiene padre, y mi padre dinero; y mi hermano es un zopenco que nada es ni nada puede ser, mi padre y su dinero (ya vemos las bases sobre que fundaba Gracia López la obediencia y sumisión a la potestad paterna). Pero tú no tienes padre, y no recibes, sino que das a los tuyos, por lo cual, lejos de contrariarte, deberían contemplarte; mas ello no es así, y lo mejor será que esto se acabe y que yo me case con el hijo del boticario, que es rico y buen mozo, y que sabes que me pretende.

-Luego dirás que me quieres, exclamó con despecho Ramón.

-Si no te quisiera, ya le habría dado el sí al hijo del boticario; pero necia sería la que dejase lo cierto por lo dudoso.

-¿Dudas de que te quiero?

-Obras son amores y no buenas razones.

Siguió la conversación aquella y otras noches, con largos y parecidos argumentos, empleando Gracia todos los medios que su mal instinto le sugería, y consiguiendo al fin reducir a Ramón a que se casase; si bien él exigió, por varias razones, que el casamiento fuese secreto y no se verificase allí. Dispuso que él se iría y que ella le siguiese a Sevilla, donde debería efectuarse la boda, y después seguirían los recién casados a Madrid.

La víspera de marchar, pasó Gracia López poco antes de la oración por delante de la puerta de Gracia Vargas.

Estaba esta sentada con su hermanito en el poyete donde solía situarse, y según su costumbre, miraba a las estrellas, por lo cual no notó que se le acercaba su vecina hasta que esta le dijo bruscamente:

-¿Estás contando las estrellas? ¿no sabes acaso que a la que cuenta las estrellas le salen verrugas en la cara?

-No las contaba, contestó Gracia, porque dice D. Manuel que nadie las ha podido contar.

-Pues a que D. Manuel, ya que es tan sabijondo y nada ignora, no te ha dicho, porque no la sabe, cierta cosa.

-No sé a que puedas aludir.

-Pues yo te lo diré, y es que me caso.

-Sea enhorabuena; deseo que seas feliz, Gracia.

-Muy joven soy, prosiguió esta, pero tengo dos pretendientes, y me he decidido por uno de ellos nada más que por hacerle tragar quina a su madre y hermana, que no querían que se casase conmigo. Ya lo sabes, adiós; algún día conocerán qué necedad es enturbiar el agua que se ha de beber.

Gracia, herida como lo estaba cada vez que le dirigía la palabra su vecina, y además sobrecogida por un triste presentimiento, entró en la alcoba de su madre, a la que refirió todo lo que había dicho Gracia López.

-Hija mía, le contestó su madre, debemos celebrar este suceso, que, como es de esperar, aleja a esa mala Gracia de nuestra vecindad, y quizá del pueblo.

La hija, que vio cuán lejos estaba la madre de sospechar lo que ella temía, calló, dejando al tiempo la triste misión de desengañarla.

Pero pocos días después entró la criada muy afanada, y con esa ansia que tienen las gentes vulgares por comunicar malas nuevas, refirió a su señora el casamiento de Ramón con todas sus circunstancias, que con suma complacencia le había referido la madre de la novia, añadiendo con soez y provocativa insolencia, que Ramón para casarse no había necesitado ni del beneplácito ni de la presencia de su madre.

Al oír tal noticia, sazonada con tal veneno, permaneció la enferma unos segundos muda e inerte de espanto. Dio luego un gemido y perdió el sentido.

Su hija fuera de sí mandó llamar a su padrino y al médico. Cuando después de varias horas de desmayo volvió doña Teresa a la vida, fue con una violenta calentura, en cuyo delirio no cesaba de repetir:

-¡Mis hijos! ¡mis pobres hijos!

-La calentura la sostiene, dijo el médico a D. Manuel, pero no hay vida; la tranquilidad de que antes gozaba impedía al mal hacer rápidos progresos; pero esta sacudida la acaba.

Al día siguiente la calentura bajó, y lentamente volvió a despejarse la enferma. La desconsolada Gracia estaba de rodillas, no lejos de la ventana, dirigiendo al cielo sus fervientes oraciones. Al tiempo que, cual una dulce respuesta de arriba, asomaba la primera estrella, se oyó el sonoro y solemne toque de la campanilla que anunciaba la venida de su Dios y de su Padre a la postrada criatura, al amante mortal que por unirse a él clamaba.

Concluida la santa ceremonia, quedó inerte, con los ojos cerrados y ensimismada la favorecida.

-¡Madre no me mira! dijo con tristeza Manolito a Gracia, la que hecha a dominarse desde niña, sofocaba con heroico esfuerzo sus sollozos, y seguía orando.

-Hermano mío, contestó Gracia al niño, alza tu vista y mira aquella estrella que desde allá nos está mirando a ti y a mí, y nos seguirá mirando cuando madre cierre sus ojos.

Al cabo de algún tiempo, la enferma llamó con débil voz a sus hijos para bendecirlos.

-¡Mis pobres hijos! ¡mis pobres hijos! suspiró alzando sus ya quebrados ojos hacia don Manuel, como pidiendo amparo para ellos.

-Prometo a usted, señora, le dijo este, velar sobre ellos, y recibo el sagrado depósito.

-Y yo, D. Manuel, admito el beneficio, y llevaré al cielo, para que Dios la satisfaga por mí, tamaña deuda de gratitud que solo Dios puede pagar. Gracia, el señor D. Manuel es vuestro tutor. Nada hagas jamás sin su beneplácito Si me lo prometes, moriré tranquila; y luego añadió: D. Manuel, evite usted a toda costa que estos inocentes caigan en poder de la mujer de su hermano, el que debería haber sido su padre, y que para nada ha tenido en cuenta ni a ellos ni a mí. Dios le perdone como yo lo hago. Mi perdón para el hijo ingrato; todas las bendiciones de mi alma y corazón, para ti, Gracia. ¡Ángel de mi vida! selo, como lo has sido mío, de ese huérfano infeliz y desvalido.

-¡D. Manuel! ¡D. Manuel!... pierdo la vista... ¡ay Dios, ya no los veo!... ¡mis pobres hijos! ¡mis pobres hijos!... ¡Dios los ampare y amparé mi alma!...

Al cabo de unos días, D. Manuel escribió a Ramón a Madrid, con laconismo y sin pormenores, la muerte de su madre. Ramón estuvo algunos días muy afectado, al cabo de los cuales la aglomeración de sus negocios le distrajo de su pesar. Escribió que sus hermanos podrían reunirse a él, pero sin mostrar empeño.

D. Manuel le contestó que el estado de salud de su hermano no les permitía ponerse en camino.

Ramón les envió el corto socorro que solía remitir a su madre (porque Ramón era al uso del día, pródigo en cosas personales y de fausto, pero en sumo grado económico en los demás dispendios), y las cosas quedaron cual estaban, con gran satisfacción de Gracia López, que deseaba poco vivir con sus cuñados, ni que se enterase Gracia de que Ramón, con varios pretextos, no la había llevado a su casa, sino que la había instalado en una habitación aparte, en un barrio extraviado, donde vivía sola y oscuramente.

CAPÍTULO IX

Cinco años después estaba Ramón un día en su despacho, cuando se abrió la puerta y dio entrada a una persona que con pausa, pero con cordialidad, se adelantó a saludarle. Realzaba la bella presencia del introducido una elegancia de porte y de maneras que unida a una dignidad sencilla y a una afabilidad natural, pero reservada, infundían tanto agrado como consideración. Puede que en otras circunstancias se hubiese hallado en el sujeto que presentamos algún retraimiento, debido mucho más a la desconfianza en el trato que a orgullo personal; pero en este momento se franqueaba abiertamente, y cuando Ramón se levantó Para ir a su encuentro exclamando: ¡Alfonso! ¡tú en mi casa! le contestó estrechando su mano:

-Y más afortunado que he sido en la mía, te encuentro en ella, cuando tú a mí no me has hallado.

-Tres veces he ido a verte desde que supe que habías vuelto de la Embajada de París, de que formabas parte.

-Yo también tengo contadas tus visitas para agradecértelas; pero desde mi vuelta, originada por la falta de salud de mi madre no queriendo ya separarme de ella, renuncié a mi destino. La asistencia de mi enferma me ocupa la mayor parte de las horas del día; esta es la causa de no haberme hallado. Gracias al cielo, se encuentra aliviada; y ahora hablemos de ti. Pocas veces podré verte, así como a mis demás amigos, y quiero aprovechar el tiempo para que me pongas al cabo de cuanto te concierne. Sé que has perdido a tu buena mare, que fuiste elegido diputado, que ejerces la abogacía, que has tenido empleos, que has hecho pingües negocios, y que hoy cuentas ya en el número de los capitalistas. Me congratulo, sin envidiarte.-Y una imperceptible sonrisa acompañó estas últimas palabras: una sonrisa parecida a esos soplos del Guadarrama que, sin que los marque la veleta, penetran el más impermeable y tupido abrigo.-En fin, que has dado razón a tu buen padre que te designaba como travieso y listo. Tienes buena cabeza: lo has probado.

-No debo mi fortuna a mi buena cabeza, sino a mi buena suerte, contestó Ramón, y en particular a la subida fabulosa que han tenido las acciones que yo poseía, de... (aquí enumeró varias grandes empresas de que era accionista), y prosiguió después: ¿quieres que te ceda alguna?

-Gracias, respondió Alfonso, no me gustan acciones, y se me ocurre lo que en una ocasión dijo Mr. de Brancas al avariento duque de Bourbon Condé, que le enseñaba lleno de entusiasmo un paquete de acciones del Misisipí, creadas y puestas en circulación por Law.- Monseñor, una sola de las acciones de vuestro abuelo vale más que todas estas. Pero, añadió Alfonso para dar otro giro a la conversación: dime, ¿qué es de tu hermana, la suave, la linda, la buena Gracia?

-Está en Carmona con mi hermano menor, que es una débil, enferma y Pusilánime criatura, al que tiene un cariño apasionado y exclusivo.

-Extraño es, Ramón, que no la traigas a tu lado no teniendo ella más amparo que tú.

-Se lo he propuesto y no quiere, replicó Ramón, y es por lo que te decía que su cariño a Manolito era exclusivo.

Al marqués de Benalí pareció sorprender esta respuesta.

-Por cierto que es extraño, dijo, y tú debes sentirlo, pues soltero y solo como vives, ella podría llevar aquí una vida regalada, y tú tendrías quien estuviese al frente de tu casa.

En este momento se abrió la puerta, y dos hermosos niños, de cinco a seis años de edad, se precipitaron en el cuarto gritando:

-Papá, hemos salido bien de los exámenes.

-He ganado en premio esta medalla de plata.

-Y yo, añadió el más pequeño, esta hermosa banda.

-¿Y quién os ha dado licencia para venir a mi estudio, lo que tengo prohibido? dijo con voz áspera su padre.

La alegría de los niños se trocó al punto en consternación.

-Mamá nos dijo que viniésemos para enseñar a usted los premios, contestó en voz queda el mayor.

-Cuando mamá mande lo que yo prohíbo, no la debéis obedecer, repuso su padre; salid al punto, y no contéis ya con la recompensa con que había pensado celebrar vuestros premios.

Los niños, con la cabeza baja y con las lágrimas en los ojos, se encaminaron hacia la puerta.

-¿Y no saludáis a este caballero? les gritó el padre con mal reprimido encono al notar la impresión que en el marqués había causado la precedente escena.

Los pobres niños se volvieron, y sin mirar al marqués dijeron simultáneamente:

-Que usted lo pase bien, quede usted con Dios: y desaparecieron.

-¿Y qué, eres casado? preguntó el marqués a su amigo.

-Sí, contestó este con sequedad y visiblemente contrariado.

-No será, supongo, con Gracia López, la calificada por la voz pública de mala Gracia, de la que cuando muchachos te enamoraste.

-Con ella precisamente, contestó mortificado Ramón.

Hubo un momento de silencio penoso, al cabo del cual preguntó con resolución el marqués:

-¿Y porqué no vive contigo?

-Tú que la conoces, contestó Ramón, convendrás conmigo en que...

-Lo que conozco, Ramón, le interrumpió el marqués, es que el hombre que comete un desacierto debe confesarlo y someterse con valor y dignidad a sus consecuencias que ese es el modo de hacérselo perdonar.

-Someterse bien: pero ostentarlo no, y esto hago.

-Yerras. Tener a tu lado a la que has hecho madre de tus hijos y mujer tuya, no es ostentar tu desacierto, sino dar honor y dignidad a tu matrimonio. Al contrario, tenerla oculta y lejos de ti, es quitarle, así como a tus hijos, su sello de legitimidad; es dar justo pábulo a que te crean peor de lo que eres; es ser tú el primero en menospreciar a la madre de tus hijos, en robarle su decoro, en negarle el respeto, en arrostrar la opinión pública, que, severo juez, sabe harto bien que el misterio es un velo muy trasparente que pocas veces oculta lo que no honra. La manera de que a su puesto alces a tu mujer, es que en él la coloques, y no que la rebajes.

-Si tú, pulcro marqués, te hubieses casado con una Gracia López, ¿la traerías a tu lado?

-Yo, dijo el marqués con algún calor, jamás hubiese amado a una Gracia López; si la hubiese amado, habría huido de ella en vez de procurar su fácil seducción.

-¡Ya! si tú tienes el corazón revestido de amianto.

-Ni de amianto, ni de yesca, Ramón; compárame más bien a las fieras que a ningún peligro temen, pero huyen del fuego; mas supuestos estos dos imposibles, la madre de mis hijos habría sido mi mujer ante Dios y ante los hombres.

-Eres un Catón.

-No es necesario ser un Catón para ser un hombre de juicio y de moralidad.

-Tu moral es evangélica, la mía es más bíblica, repuso Ramón acudiendo a la chanza, auxiliar de las malas causas.

-En las opiniones que he expresado tiene más parte el honor que el Evangelio, contestó el marqués.

-Concedo; cierto es que el verdadero honor enaltece al hombre, repuso Ramón, pero cuida no tome el orgullo su nombre, pues hoy día ya sabes que andan los nombres trocados.

-Este es un ardid de la fraseología. Pero dejemos a un lado ardides, y hablemos de buena fe, repuso el marqués de Benalí. La vanidad es la necedad del egoísmo, y el orgullo es la insolencia de la vanidad, y ambas cosas ajenas del asunto de que tratamos.

-Pues si no es una ni otra cosa la base de tus principios, lo serán las preocupaciones; pero sábete que el hombre que se emancipa de su freno opresor, hace lo que le conviene y quiere, sin cuidarse de ellas.

-No, Ramón, el hombre ante todo tiene que hacer lo que debe.

-Estando su conciencia de hombre honrado en lo esencial tranquila ¿qué le importa lo que piensen los demás? ¿Pues qué, a ti te ofenden las habladurías?

-Te lo he dicho ya en otras ocasiones, distingo; desprecio completamente aquellas, hoy tan frecuentes, debidas a la malevolencia gratuita, a la calumnia infame, falsa moneda de la verdad, que gentes sin honor ni conciencia fabrican y expenden, y que están destituidas de todo fundamento y verdad; pero no así las censuras que tienen una base cierta, o siquiera una suposición probable.

-Y yo también te he dicho ya, repuso Ramón, que la opinión del mundo, de la que te haces esclavo, se vengará de ti; créeme, la exageración, aun en lo bueno, saca las cosas de quicio, y daña.

CAPÍTULO X

En Ramón, que tenía un buen fondo, aunque como el buen trigo a veces, sofocado por esa mala yerba que hoy día crece y se mece erguida sin que mano alguna escarde los campos, no habían caído en balde las. reflexiones del marqués de Benalí. De allí a poco, habiéndole encontrado en un teatro, le participó como había traído su mujer a su casa y hecho público su casamiento. Benalí le felicitó cordialmente, y añadió que ahora pensaba que no se negaría su hermana a venir a su lado.

Al día siguiente fue el marqués a ver a la mujer de su amigo, que con una elegancia de traje exagerada, le recibió con la misma exageración de halagos. Para esto tenía ella muchos motivos los unos ostensibles, los otros secretos. Sabía que él era el que había influido en su marido para que hiciese público su casamiento, blanco de todas sus aspiraciones; era además el marqués uno de los hombres más distinguidos y pulcros de la aristocracia de Madrid, por lo cual daba gran prestigio y honra a la sociedad poco selecta que recibía su marido; y por último, era el hombre que desde niña había llenado todas las ilusiones de su vano y ambicioso corazón. Sus provocaciones, como de una mujer grosera y que no había nunca conocido ninguna clase de sujeción, fueron demasiado marcadas para que no chocasen al marqués, el cual se mostró más frío y acompasado que nunca, y no volvió.

Ramón, que en el fondo quería bien a sus hermanos, les participó su casamiento, lo que antes no había hecho, renovando sus instancias para que se reuniesen con él.

-Ya no tienes motivo para no irte con tu hermano que te llama, decía por entonces D. Manuel a Gracia Vargas.

-Lo conozco, respondió ésta, que contaba ya veintiún años; pero cuánto temo el salir, y sobre todo el sacar a mi pobre hermanito de esta vida sosegada y tranquila que es la sola que nos conviene; y qué temor y repugnancia me causa el ir a vivir con Gracia López, que siempre tan mal nos ha mirado a ambos. ¡Ay! acuérdese usted, padrino, de los leales avisos que me da mi corazón; a su lado hallaremos la desgracia ambos.

-No creo tal, repuso D. Manuel; casada con tu hermano, mirará Gracia a los suyos con cariño y como cosa propia; tu hermano es bueno, y sabrá daros el lado que os corresponde.

-Obedezco los consejos de usted, padrino, como me lo encargó mi santa madre; mi hermano es bueno, es cierto, pero usted sabe que Gracia es mala.

Algún tiempo después mandó Ramón a sus hermanos un dependiente de su confianza, que los acompañó a Madrid.

Grande fue la alegría de Ramón al estrecharlos en sus brazos, y tanto más contraste formó con ella la seca frialdad que les demostró su cuñada.

Pero esta alegría primera de Ramón pronto se disipó, no por falta de cariño, sino porque abstraído del todo y ocupados su tiempo, su atención, y casi siempre sus afectos, en el cúmulo de negocios arduos, excitantes, peligrosos, comprometidos, secretos unos, públicos otros, que había abarcado; los goces y solaces tan dulces del hogar doméstico, de la familia, de la amistad íntima, no hallaban tiempo ni cabida en su vida, ni espacio en su corazón. Además, las influencias de su mujer eran una lima sorda que, si no llegaba al tronco, iba despojando al frondoso árbol de sus hojas y de sus ramas.

Los niños, que por desgracia son inclinados a la malevolencia, no necesitaron de las insinuaciones de su madre para ponerse en pugna y en abierta oposición con el infeliz e inofensivo Manolito, que aunque mucho mayor que ellos, era por su extenuación un niño ruin y apocado, y que criado como entre algodones al lado de su cariñosa y dulce hermana Gracia, sufría como un recién nacido echado sobre abrojos. Gracia, padecía de una manera destrozadora por la hostilidad de que era objeto, no ella, sino su hermano, a quien quería ahora más que nunca, pues el amor y la lástima son dos llamas que al unirse forman una intensa y flamante hoguera; pero como de tan suave y prudente carácter, maduro antes de tiempo por la gravedad de la desgracia y el fructífero rocío de los buenos ejemplos y buena enseñanza, conoció que con quejarse a su hermano Ramón nada conseguiría, sino agriar y empeorar su situación.

El único consuelo que tenía era desahogar su corazón escribiendo a su padrino, que en sus cariñosas respuestas la exhortaba a sufrir con resignación y conformidad las pruebas que Dios envía a sus escogidos, que son cual el lastre que se pone en los barcos para que naveguen en la mar con aplomo y sin rendirse obedeciendo al timón que los guía.

Largo, penoso, monótono y poco grato sería para el lector el referirle todas las crueles escenas que de continuo se renovaban, y cómo fueron influyendo en Manolito, a quien, por lo débil y nervioso, la menor emoción de temor o de sorpresa causaba ataques epilépticos.

El estado de sobrexcitación en que las hostilidades y burlas de su cuñada y de sus hijos le ponían, había recrudecido en él los insomnios, uno de los padecimientos más crueles de la infancia. Su hermana pasaba las noches a la cabecera de su cama entreteniéndole y alejando de su imaginación las ideas lúgubres con suaves imágenes de floridos cuentos de hadas. Todo esto era materia para un escarnio cruel que, cuando no estaba presente Ramón, se hacía hasta delante de personas extrañas, las que desconociendo la realidad de las circunstancias, admitían como positivo todo el ridículo que se sabía prestarle. Un niño zarangullón que no quiere dormir solo porque tiene miedo, tan mimoso que es preciso contarle cuentos cuando está en la cama; este tema en bocas vulgares y malévolas, era una mina inagotable de desdeñosa burla.

Deseosa de hacerse olvidar todo lo posible, había escogido Gracia Vargas para situarse el lado de una ventana detrás de las cortinas, ocultándose con su hermano casi del todo a los ojos de las personas que se hallaban en la sala. Allí llevaba su labor y algunos libros con estampas para entretener a su pobre hermanito, y a veces llegaba a conseguir el anhelado olvido; pero una mañana en que estaban solos la madre y sus mal criados niños, estos, no teniendo gentes con quien entretenerse, se propusieron hacerlo con el infeliz enfermo. Muchas fueron las bromas insolentes y los epítetos groseros que le dirigieron.

El niño empezó a angustiarse.

-Si son chanzas, hijo mío, le decía Gracia, en viendo que no haces caso de ellas, dejarán de gastarlas.

Pero no fue así, porque acercándose al pobre niño le dijeron que saliese de allí para jugar. El infeliz, en la mayor angustia, se asió del vestido de su hermana.

-Déjenle ustedes, ¿no ven que está enfermo, y que ni sabe, ni quiere jugar? les dijo Gracia en tono suplicatorio.

-Nosotros le enseñaremos, replicaron los niños; lo que tiene es que, es un mandria, un terco, y ha de jugar. Y tirando cada cual de uno de sus brazos, lo arrancaron del lado de su hermana.

El niño empezó a hacer desesperados esfuerzos para zafarse de las manos de sus verdugos.

-¡Ay, madre! gritó uno de ellos: ¡este pícaro me ha arañado!

Al oír esto su madre, que como de costumbre estaba impaciente y hostil, se levantó con la mano alzada para descargarla sobre Manolitlo; pero en este instante la suave, la sumisa Gracia, se arrojó entre ambos, y estrechando con una mano a su hermanito contra su pecho. y extendiendo la otra con toda la energía de su tanto tiempo contenida indignación,-Eso no, exclamó no pondrás tú la mano sobre este inocente: ¡guárdate! Pobres somos, pero el mundo es ancho, y tengo manos para trabajar y procurar al hermano de mi alma el trato dulce y la vida tranquila que su doliente estado necesitan. Mañana saldré de tu casa.

La sorpresa, la rabia, y más que nada el temor, habían sellado los labios a la mujer de Ramón. Conoció que había abusado, que había traspasado los límites, y vio ante sus ojos la figura amenazadora de su marido. Ya buscaba su perspicacia la manera de disipar la tormenta cuando su cuñada llegase a hablar, haciéndola pasar por calumniadora, asegurando que a quienes había tenido intención de castigar había sido a sus hijos y no a Manolito; pero no fue necesario. Gracia se había llevado en sus brazos a su pobre hermano con una espantosa alferecía, de la que no volvió.

Al siguiente día estaba de cuerpo presente.

CAPÍTULO XI

¿A qué pintar el dolor de Gracia? ¿Quién ha podido sondar el mar, quién contar las estrellas del cielo, ni las lágrimas que unidos,pueden verter la más destrozadora lástima, el más cruel dolor, y el más profundo desconsuelo?

Ya lo que Gracia pudiese decir a su hermano mayor, de ningún alivio podía servir al que yacía frío e inerte en su huesa, y Gracia calló.

Este generoso proceder, lejos de amansar el encono de su cuñada, lo avivó, porque se había preparado a una lucha de que esperaba salir vencedora.

Gracia escribió a su padrino lo que había pasado, acabando así su carta: «Siempre me llamó Ramón hermana de caridad, y puesto que ya cumplí mi misión con los niños, dulce misión que ha llenado toda mi vida porque amaba con tanta ternura a los que asistía, estoy decidida a proseguirla en los hospitales. Si no fuese mi vocación, si no fuese el camino del cielo, si no fuese en mí ya costumbre, la elegiría solo por salir de la vida que llevo, que es una vida harto peor, y sin provecho para mí ni para nadie.»

D. Manuel le contestó que nada tenía que oponer a su santa determinación, y sí solo que parecía haberla tomado en un momento de agudo dolor; que las determinaciones necesitaban mucho tiempo para adquirir madurez, y que su opinión, así como la del señor cura, era que aguardase algún tiempo antes de efectuar su propósito.

La dócil joven siguió el dictamen para ella sagrado del consejero que le había señalado su madre, y vestida de rigoroso y sencillo luto, volvió a ocupar su puesto en la sala detrás de la cortina que la ocultaba a la vista de todos.

Una tarde fría y desabrida estaban Ramón y su mujer sentados, cada cual ocupando una butaca, al lado de la chimenea. Gracia Vargas ocupaba su acostumbrado puesto cerca de la ventana, detrás de la cortina, donde permanecía tan oculta a las miradas como lejos de la memoria de todos. Además, como era tan silenciosa, su cuñada no cuidaba de hablar delante de ella, aun de las cosas más secretas.

-Sabes, Ramón, dijo a su marido, que hoy ha estado aquí doña Rosa, y me ha vuelto a hablar para que influya contigo a fin de que te hagas cargo del pleito de la marquesa de Oropeles, la millonaria señorona.

-Es un pleito repugnante mujer, respondió Ramón, cuyo buen fondo y noble sangre hablaban siempre que su interés, su ambición, o la pésima influencia de su mujer no ahogaban su voz. Su hermano ha muerto sin hacer testamento, y valida de eso, aunque sabe el cariño que él tenía a su pobre mujer, que ha perdido su salud por un acto de heroísmo al salvarle la vida, no solo la quiere despojar de cuanto posee, sino impedir que señalen a la infeliz enferma una triste pensión con que pueda vivir.

-Eso no es cuenta tuya: los abogados no se eligen como jueces, sino como combatientes; los abogados deben dejarse el corazón en casa y no llevar al tribunal sino el Código. Si no aceptas, la marquesa no nos convidará al gran baile que va a dar, donde estará la flor y nata de la alta sociedad de Madrid.

-Y si acepto la defensa, como deseas, ¿acaso te ha dicho que te convidará?

-Terminantemente. ¡Podrías ahora salir con las ideas de tu padre! Si aquellas te han costado tu posición y suerte, ahora te costarían perder el lustre que a tu mujer le falta, el ser introducido en la intimidad de personajes altos e influyentes que todo lo pueden, empezando por la marquesa de Oropeles, que asegura que el buen éxito de su pleito lo pagará con el nombramiento de secretario honorario de S. M.

-Promesas al aire, repuso Ramón; pero sea como fuese, dices bien, el abogado no juzga, defiende. Sea, pues, y si ese marido desprevenido no hizo testamento, él es, y no sus naturales herederos, quien tendrá la culpa de lo que a su mujer sobrevenga.

-Gracias a Dios, Ramón, que te veo razonable; si por tu quijotismo me hubiese quedado sin ir al baile, no sé qué me hubiera sucedido; por la parte más corta, me cuesta una enfermedad; y en ti el renunciar por melindres a todas las ventajas que esa defensa te va a proporcionar, hubiese sido una necedad.

-Pero es el caso que si al fin parece un testamento...

-¡Qué ha de parecer!

-Dícese que lo tenía hecho.

-¿Cómo se ha de saber eso?

-Por varios testigos que se lo oyeron decir, entre ellos Benalí, amigo íntimo del difunto.

-¡Mienten! y así se les dice en buenas palabras, y que lo hacen por compasión, y esa que la ejerza cada cual con su bolsillo, y no para que por ella se menoscaben las leyes. Ramón, este pleito es una fortuna que se nos entra por las puertas; pero calla, oigo pasos... en la antesala.

Efectivamente, en aquel instante se abrió la puerta, y dio paso a la hermosa y noble persona del marqués de Benalí, en cuyo rostro se advirtió un ligero tinte de inquietud y tristeza.

Gracia López, agradablemente sorprendida, se deshizo en agasajos y amables quejas por el olvido en que los tenía el mejor de sus amigos; pero el marqués, con glacial cortesía, puso término a la afectada afluencia de Gracia López, diciendo a Ramón que venía a hablarle sobre un asunto de interés.

-¿Quieres que vayamos a mi despacho? preguntó Ramón.

-Yo me ausentaré si estorbo, dijo su mujer.

-No, señora, no os incomodéis, respondió el marqués visiblemente contrariado; urge el tiempo, y solo vengo a preguntar a Ramón si puede encargarse de defender un pleito.

Ramón se sobrecogió sospechando que pudiese ser el mismo de que su mujer le había hablado.

-¿Qué pleito es? preguntó.

-El de la infeliz viuda del mejor de mis amigos, de la noble y generosa mujer que le salvó la vida a costa de exponer la suya, y que él amaba con el más tierno cariño. La perversa marquesa de Oropeles, al saber la muerte de su hermano, la quiere despojar de todo el gran caudal que posee, por no hallarse el testamento que a ella le consta tenía aquel hecho. Hízolo en Cádiz antes de embarcarse para Méjico, donde le llamaban cuantiosos intereses; para más seguridad, entregóselo para que me lo confiase a mí al más fiel de sus criados. La eficacia de éste, que no quiso desprenderse de la cartera que lo contenía, fue la causa del contratiempo; porque habiéndose dormido en la galera en que venía desde Cádiz a Madrid, se le escurrió la cartera del bolsillo y se le perdió en el tramo de Sevilla a Ecija. Todas sus gestiones por volverla a hallar han sido infructuosas. La pérdida de ese documento sume en la más espantosa miseria a la mejor y más desgraciada de las mujeres.

Ramón callaba.

-¿Está usted seguro, preguntó Gracia López, de que esa cartera con su contenido haya existido? ¿No podría ser que ese fiel criado hubiese mentido por fidelidad a su señora? Las personas que no son capaces de mentir no sospechan que otros puedan hacerlo; esto pudiera sucederle a usted.

El marqués miró con asombro a su interlocutora, y estuvo por contestarle que las personas que sabían mentir sospechaban la mentira aun en los más verídicos; pero se contentó con responder:

-Señora, de la veracidad de ese hombre respondo yo.

-Buena garantía es, pero podría ser burlada la buena fé que la ofrece, repuso ella; por mí estoy persuadida de que a usted le engañan, marqués, y de que no existe tal testamento. Por lo que yo, en lugar de Ramón, no tomaría la defensa de lo que aparece claramente una superchería, Un testamento que se entrega a un criado, que no parece ni parecerá nunca, porque no existe; una cartera que de puro guardada se pierde, sin que pueda darse con ella...

-Esa cartera existe y la tengo yo en mi poder, dijo Gracia Vargas levantándose y apareciendo de repente a los ojos de Alfonso como el hermoso genio del bien para hacerle triunfar de sus enemigos.

El marqués asombrado fijó sus ojos en aquella inesperada aparición, y exclamó:-¡Gracia! ¡Gracia Vargas! ¡Ella es!

-¿Que tú tienes esa cartera? preguntó su hermano: ¿cómo puede ser eso?

-En mal hora entró en mi casa una cuñada, murmuró Gracia López con reconcentrada ira.

-Hermano, contestó la interrogada, todo se explica fácilmente. El médico había prescrito a nuestro infeliz hermano que hiciese ejercicio, y todas las tardes lo sacaba yo por el arrecife...

Dos gruesas lágrimas, atraídas por el recuerdo de su hermano, bajaron lentamente por las mejillas de Gracia, que prosiguió:

Una tarde nos habíamos sentado sobre la yerba a la orilla del camino, cuando de repente el hermano de mi alma exclamó:-Gracia, mira lo que me he encontrado,-y me entregó una cartera. La llevé a casa y enseñé a mi padrino, que viendo que contenía papeles de interés, me encargó la guardase con cuidado, mientras él trataba de averiguar el dueño; pero tanto sus investigaciones como los avisos que se insertaron en el Diario de Carmona y en los de Sevilla, fueron inútiles: nadie reclamó la cartera, y yo seguí conservándola con el cuidado que me había encargado mi padrino.

-Tráela, dijo su hermano

-¿Qué prisa hay? murmuró su mujer fijando en su marido una mirada de reconvención.

Gracia Vargas con su paso mesurado y su continente natural, digno y modesto, atravesó la sala, mientras los ojos del marqués fijos en ella la seguían por una atracción tan dulce como irresistible, y con tal embeleso, que le hizo no acordarse de expresar su satisfacción por el hallazgo que salvaba de un despojo infame a la viuda de su amigo.

En aquel momento todo lo había olvidado Alfonso al ver aquella niña que tanto le había interesado, convertida en la hermosa y modesta joven que se le aparecía como la enviada de la verdad y de la justicia.

Poco después volvió Gracia con la cartera, y el marqués procuró hacerse dueño de la turbación en que se hallaba para examinar los papeles que contenía.

-¡Es el testamento! exclamó. ¡Loado sea Dios, Gracia! proseguís vuestra misión de hermana de la caridad contribuyendo en este instante a salvar a la desamparada viuda.

Al decir esto sorprendió el marqués en los ojos grandes, negros y expresivos de Gracia López, una mirada de odio y encono dirigida a su cuñada, que le reveló súbitamente la situación de la pobre huérfana en aquella casa.

Esta había vuelto a ocupar su puesto; Ramón y su mujer se habían echado, con avidez sobre los documentos. Entonces Alfonso se acercó a Gracia, la que fijaba sus ojos llenos de lágrimas en el Cielo. La cartera le había recordado viva y dolorosamente a su infeliz y amado hermano.

-Gracia, le dijo con su queda y melodiosa voz; ¿mira usted al Cielo buscando la primera estrella?

-Sí, respondió Gracia con ahogado acento.

-¿Recuerda usted la promesa que me hizo de acordarse del amigo de su niñez, cuando descubriese en el firmamento esa estrella, exacta; imágen de un recuerdo, porque su luz es un reflejo?

-Recordaba al verla, respondió Gracia inmutada, y aun más que inmutada conmovida por la solemnidad de la presente escena y el recuerdo de su hermano; recordaba que mi pobre hermano decía cuando aparecía a nuestra vista, que era la mirada de nuestra madre que velaba sobre nosotros.

-¡Pobres huérfanos! dijo con profundo interés Alfonso Gracia, no será ya la inerte estrella la que velará: de aquí en adelante será un amigo.

CAPÍTULO XII

Cosas muy comunes son en la vida los amores, a los que hace la sabia providencia que creó el universo tanto más poderosos y atractivos, cuanto que no los pone al nacer en los corazones, pero los inspira distantes del círculo de los propios para unir así a las familias y hombres entre sí. Porque son los amores y sus peripecias cosas tan repetidas en las novelas que cuentan la vida del hombre, omitiremos los pormenores de los de Gracia y Alfonso. También quedan muy analizados y repetidos los sentimientos que inspiran y los efectos que causan, ya la envidia, ya los celos; y si ambas cosas se unen, envidia y celos, en una naturaleza como la de Gracia López, se podrá conjeturar el estado de exasperación y despecho a que por grados la conduciría el amor respetuoso, pero franco y abierto que el marqués desde luego empezó a demostrar a Gracia, y el ver que este amor, dulce y exclusivamente admitido y correspondido por su cuñada, no solo la iba a encumbrar a una grande altura, sino que la hacía tan dichosa, que la iba hermoseando como el sol a un día en tempranas horas empañado y oscurecido por neblinas. Gracia, que después de errar tanto tiempo por áridos desiertos de arena, hallaba un oasis en el carino que inspiraba y sentía, en el dulce amparo que hallaba su vida, había perdido el aire abatido, triste y temeroso que le hacía ensimismarse y bajar su palida frente; había embarnecido, sus mejillas se habían cubierto del suave sonrosado de la juventud; su boca sonreía, como sonríe la inocencia a la felicidad, y sus ojos, que no habían olvidado la sentida costumbre de alzarse al cielo, la conservaban; pero ahora era dándole acciones de gracias y confiando a su madre su felicidad.

A Ramón llenaba de contento la buena suerte de su hermana (buena suerte que por lo regular no logran aquellas que la merecen), y siempre calculador, consideraba con alegría y afán todas las ventajas que le proporcionaría a él su cercano parentesco con un hombre como el marqués; así fue que el día en que su hermana le comunicó que Benalí le había elegido por compañera, necesitó su talento poner un freno a su excesiva alegría para que no apareciese ridícula, y se deshizo en demostraciones de cariño con ella, parte por amor a ella misma, parte por amor a sí propio.

Gracia López siempre se había burlado de esos amores, asegurando a su marido que su hermana, que era una criatura sin mundo, sin saber y sin trato, se las prometía felices sin causa sólida; que tomaba por dinero contado cuatro cumplidos que le hacía un hombre fino y galante, y que ya vería cómo el día menos pensado, por cualquiera asunto que ocupase más su atención, dejaría el marqués de venir, sin acordarse ya de lo que solo habría sido para él un mero pasatiempo.

Ramón oía todo esto con impaciencia y disgusto, sin poder combatir tales asertos con razones sólidas, y porque, como es sabido, en sus altercados siempre lleva la ventaja la malicia a la buena fe. Así fue que aquel día entró Ramón en el cuarto de su mujer, cuyas burlas y falsas profecías se complació en anonadar con la misma sorna y acritud que ella había gastado hácia su hermana, participándole que Gracia le había confiado la intención del marqués de unirse a ella.

Su mujer, pálida de envidia y despecho, le dejó concluir, y se contentó con decirle:

-No lo creo.

Esta sostenida incredulidad era tan ofensiva a su hermana, que Ramón volvió la espalda con un gesto de profundo desdén, y salió del cuarto indignado.

CAPÍTULO XIII

Al día siguiente, después de comer, se hallaban reunidos delante de la chimenea, Ramón, que ocupaba una butaca, su mujer, que ocupaba la del lado opuesto, Gracia Vargas, que no lejos de su cuñada bordaba a la mano a la espléndida luz de un reverbero colocado sobre un velador, y junto a éste un convidado a quien Ramón trataba con una franqueza exagerada, que sabía refrenar cuando el amigo con quien la gastaba era persona de buen tono. El caballero que ocupaba este puesto, era rico.

Estamos en la era de la publicidad, parte por el métome en todo del periodismo; parte por el cinismo que la falta de dignidad de nuestra época tolera; parte por la malevolencia de los que descubren y publican y ponderándolas, las maldades ajenas, creyendo sin duda que por vituperarlas en otros se les tendrá por completamente exentos de ellas. No obstante, hay arcanos que no es dado descubrir del todo, y que el mismo cinismo, si bien no por vergüenza, oculta por temor. Tales son muchas fortunas salidas de repente como del fondo del mar que con su pródiga y rica vegetación se ostentan sobre su superficie como islas flotantes. A estas pertenecía la de D. Arturo Rico, hijo de un sacasillas y metemuertos de un teatrillo, cuyos antecedentes formaban un quot libet de naipes, de agencias secretas, de desfalcos, jugadas de bolsa y falsificaciones, harto extraño y repugnante. Ramón le había defendido hábilmente en alguno de sus lances elevado a los tribunales. D. Arturo le había pagado espléndidamente su trabajo, y de ahí nacía la intimidad que entre ellos reinaba, y que D. Arturo quería asentar sobre más sólidos cimientos, casándose con GraciaVargas. Para alcanzar su propósito contaba con un celoso auxiliar, y este era Gracia López, que escudaba la dañina intención de casar a su pobre cuñada con un hombre desacreditado, despreciable y antipático además a su noble y delicado ser, con la frase vulgar y moderna es un buen partido.

Pero Ramón, que aunque contaminado con los vicios de su época, era bondadoso y amaba a su hermana, se oponía decididamente a tan desigual unión. D. Arturo, sentado en el espacio que había, entre la mesa de velador y la butaca en que estaba medio tendido y soñoliento Ramón, trataba de anudar una conversación con aquella, cual la oruga que busca la senda para llegar a una alta y blanca azucena; pero no podía lograrlo, porque Gracia, sin altivez, pero con severa decisión, sabía mantener íntegra la gran distancia que desde luego había puesto entre ellos.

-¿Querrá usted creer, dijo Gracia López, que mi cuñada pueda constantemente echar de menos y preferir a esta buena chimenea la mesa de nagüillas cubierta de hule que tenía en Carmona, y a este espléndido reverbero su velón de pantalla verde?

-Muy poco creíble es en efecto, contestó D. Arturo, y sólo si Gracia me lo afirmara le daría entero crédito.

-Puede usted dárselo, pues, dijo Gracia sin levantar la vista de su bordado.

-Extravagancias románticas, opinó Gracia López.

-Puede que sea el encanto que tiene lo que es propio, repuso D. Arturo, y en tal caso si estos cómodos objetos fuesen de su propiedad, tendrían para ella el mismo encanto que conservan en su memoria aquellos otros de Carmona.

-No señor, repuso Gracia Vargas, que conoció que callando podría parecer que otorgaba; el encanto que tuvieron aquellos no lo pueden tener para mí ningunos otros, pues consistía en la presencia de la madre de mi alma, del hermano de mi corazón y de mi querido y buen padrino.

-Esos cariños se reponen con otros cuando una no es obstinada y no cuenta con un apoyo que puede faltar, dijo Gracia López.

Su cuñada no contestó, pero inclinó aun más sobre su bordado su rostro pálido de indignación; mas de repente brillaron sus ojos, sus mejillas se cubrieron del carmín del corazón, su rostro se iluminó como un aposento oscuro cuyas ventanas se abriesen súbitamente a la luz del sol, porque en este momento se abrió la puerta y apareció el marqués de Benalí. Apenas le vio D. Arturo, se puso de pie, y mientras Ramón hacía otro tanto para ir al encuentro de su amigo, se despidió aquel de Gracia López, que en vano le instó para que permaneciese.

Cuando se hubo retirado dijo el marqués dirigiéndose a la dueña de la casa:

-Espero, señora, que no extrañará usted que anticipe hoy la hora en que suelo venir a su casa; supongo que Gracia le habrá dicho que ya no vengo a ella solo como una visita ni como un amigo, sino que vengo como un hermano.

Ramón dirigió a su mujer una mirada de triunfo, y no pudo menos de extrañar lo demudado de su semblante y la expresión de encono y tedio que en él se dibujaba, Benalí ocupó el sitio que había dejado vacante D. Arturo, habiendo rehusado la butaca que le ofrecía Ramón, y decía a media voz a Gracia:

-¿Para cuándo has fijado la boda?

Gracia no contestó.

-¿No respondes? torné a preguntar Benalí; ¿qué dispones?

-Yo no estoy acostumbrada a disponer ni sé hacerlo, respondió ella.

-Pues necesario es que te acostumbres, porque lo has de hacer siempre de aquí en adelante, repuso el marqués.

-¿Sabe y aprueba este enlace la marquesa, sin cuya aprobación dice usted que no quiere hacer nada? le preguntó Gracia López.

-La prevé y la desea, repuso Benalí, y cuando mañana vaya a Aranjuez, donde se halla, a participarle mi alegría por haber acogido Gracia mi petición favorablemente, sé que será grande la suya.

-Como Gracia no tiene dote, ni herencia alguna en perspectiva, objetó su cuñada.

-Señora, respondió con algún desden el marqués, hasta hoy eran esas objeciones desconocidas én España, y mi madre pertenece a la generación anterior a la nuestra. Mi madre, así como yo, buscamos el valer de la persona en su mérito y prendas personales, en sus antecedentes y los de sus padres, en el amor, simpatía y aprecio que sienta e inspire, en su virtud, en su dignidad y buenos principios: con cuyas cualidades pueda ser la honra de los hijos que tenga y el orgullo de su marido.

Gracia López herida, sin que hubiese sido la intención de Benalí herirla, iba a contestar, cuando Ramón, temiendo con razón que lo hiciese de una manera inconveniente, dijo riéndose a su amigo:

-Vamos, Alfonso, para que quedase tu pulcritud completamente satisfecha, sería necesario que naciese y se criase una mujer libre de toda culpa, hasta de la original, como María Santísima.

-No pretendo imposibles; pero te confieso que tu noble padre y tu santa madre forman una aureola admirable a tu incomparable y pura hermana, así como la cubre a los ojos de todos cual de una nube de incienso el epíteto de buena Gracia con que la voz general la calificó.

El recuerdo de este epíteto que iba unido al de mala Gracia aplicado a la otra, cuyas mejillas se pusieron encendidas y cuyos ojos echaron chispas, no solo hirió a ésta, sino al mismo Ramón, que dijo con algún despique:

-Los epítetos que se dan a los niños no solo no pueden serles aplicados cuando grandes, sino que suelen estar basados en defectos o calidades que luego el tiempo desmiente. Recuerda que en la escuela te pusieron por nombre Alfonso mírame y no me toques, a causa de tu susceptibilidad y entono, lo que ahora por cierto no te cuadraría.

-Puede, contestó Alfonso riendo, que algo de ello, modificado por la razón y la experiencia, me haya quedado; pero lo que sí es cierto y forma, mi gloria y encanto, es que a tu hermana le cuadra ahora como antes, o más que antes, el dulce sobrenombre que le pusieron cuando niña.

-Conozco, dijo gravemente Ramón, que todo hombre honrado y digno debe dar un valor grande a la opinión pública, que forma la reputación; pero asimismo estoy persuadido de que cuando esta veneración a una cosa que se puede llamar noble y santa se exagera, se torna en culto o en ídolo, y confesarás que en este exceso tiene más parte el orgullo que el pundonor.

-Me resigno a tu fallo, contestó el marqués. Como hoy día ha desaparecido el orgullo señor, y lo veo reemplazado por la grosera soberbia y la ridícula vanidad, elegiré el primero, que me apartará de los dos últimos.

-¿Y todo lo sacrificarías ciegamente a tu ídolo como tosco e inculto romano?

-Todo, recalcó el marqués.

-¡Jesús! exclamó Gracia Vargas, poco sé de las cosas del mundo, pero confieso, Alfonso, que ese todo que ha lanzado usted como un proyectil, cuyo alcance y cuyo estrago no puede graduar, me ha sobrecogido e impresionado mal, como lo haría un acorde falso en una bella sinfonía.

-Pues a mí me ha causado un efecto opuesto, dijo Gracia López, en cuyos ojos negros brilló un repentino júbilo como el relámpago de la tempestad, porque lo hallo lógico y consecuente con la manera noble y digna de ver las cosas, propia del marqués. El que como el señor se ha propuesto vivir en un palacio de cristal, no puede ni debe sufrir que nada lo empañe, porque entonces sus pretensiones serían ridículas. Las gentes despreocupadas no tienen tales pretensiones, y si las toleran en otros es en cuanto estos las puedan sostener con la frente muy erguida. Así es que dice bien el marqués: para no asemejarse a los que patullan en el barro, es necesario sacrificarlo todo a la invulnerabilidad de la buena opinión; y no puede menos de llamarme la atención y de causarme extrañeza que tan mal te impresione a ti, Gracia, la noble declaración del marqués; das pábulo a que se pueda falsamente imaginar que tienes motivos para negar su importancia al qué dirán.

Gracia Vargas había escuchado cuanto había dicho su cuñada con la instintiva repulsa con que las almas rectas, puras y sensatas, rechazan los sofismas (que son en el raciocinio lo que los albinos en la humanidad, blancos, nacidos de padres negros), sintiendo y demostrando su semblante el disgusto que se experimenta cuando se ve inducir al que equivoca una senda a proseguir en ella; pero al oír las últimas palabras de su cuñada, levantó su serena frente y respondió:

-Dije mi opinión porque entendí, y entiendo, que esa frase sacrificarlo todo no se puede aplicar en toda su latitud sino al deber.

CAPÍTULO XIV

Benalí había anunciado que iría al siguiente día a Aranjuez, en donde se hallaba su madre, y fijado el día de su regreso; pero este día llegó y Benalí no vino, y llegó el siguiente, y tampoco apareció.

La pobre Gracia empezó por extrañarlo e inquietarse, y acabó por afligirse, porque la felicidad era para la pobre huérfana demasiado nueva e inusitada para que pudiese confiar en ella.

Al tercer día, cuando a la noche estuvieron reunidos, preguntó Ramón a su hermana:

-¿Te ha dado aviso Alfonso de la causa de su ausencia?

-No, hermano mío, contestó Gracia; y no pudiendo retener sus lágrimas salió del cuarto precipitadamente.

-Estará indispuesto, dijo Ramón cuando su hermana se hubo ido.

Una sonrisa, una de esas sonrisas que harto más prueban una mala alma que una puñalada, vagó por los labios de Gracia López. Su marido que la observó dijo con enojo:

-Comprendo la malicia de tu sonrisa; pero te engañas, porque Alfonso no es capaz de una villanía.

-Es capaz de mudar de parecer como todos los hijos de Adán, contestó su mujer. Ustedes hacían reliquias de él, y a mí siempre me ha parecido tener mucha fatuidad y muchos humos. Ni está ni se cree comprometido, eso tenlo por cierto.

-Una palabra basta para comprometer a un hombre honrado. No es probable, no es posible que Alfonso mude inmotivada e inopinadamente de parecer estando por medio una hermana mía, que vive bajo mi custodia y amparo.

-¡Lo mismo hubiera hablado el buen señor de tu padre! Y bien; si no volviera a acordarse ese enamorado de tu hermana ¿irías acaso a dar un escándalo, que además de no remediar nada, la dañaría a ella grandemente y te cubriría a ti de ridículo en la era presente, en la que los Quijotes no están de moda? Al saber sus allegados su intento (si es que lo ha tenido y se lo ha comunicado), le habrán disuadido de él y le habrán propuesto una novia millonaria que le tenga más cuenta, y cátalo ahí. No existen papeles ni otras razones que le puedan comprometer, sino frases y palabras que se pueden negar o atribuir a bromas.

-Verdad es, repuso indignado Ramón, que no liga al marqués a mi pura y sencilla hermana pacto alguno, sino meras palabras; de modo que si se casa con ella, como creo que sucederá, será por el aprecio que le merece, por el verdadero y profundo amor que la tiene, por la dulce certeza de que le hará feliz, no siendo, como a otros desgraciados acontece, por compromiso, ni tampoco por ventajas que le pueda traer.

-Como que no aspira a ser diputado ni tiene Gracia padre que se lo pueda proporcionar, repuso incisivamente su mujer. ¿Tú crees que ese D. Infulas se ha de casar con tu hermana porque todo se lo merece esa mosquita muerta? ¿Apostemos que no? Apostemos.

-En breve lo hemos de ver. Con las mujeres honradas no juegan sino los malvados, y Alfonso no lo es. Cuando los veas casados quedará confundida tu malevolencia, y cuando además los veas felices podrás convencerte de cuánto más lo es el hombre que une su suerte a aquella que mereció el epíteto de buena, que no aquel que la unió a la que mereció el epíteto de mala; y Ramón salió cerrando con violencia tras sí la puerta.

Su mujer le siguió con sus ojos negros, en los que ardía, como arde una hoguera en la noche, la ira y el coraje, mientras que, formando extraño contraste, vagaba por sus labios una sonrisa de satisfacción y triunfo.

La ausencia del marqués se prolongaba. Ramón fue a su casa a preguntar por él y se le contestó que no había regresado; y a los pocos días se supo de público que el marqués de Benalí había salido con una comisión del gobierno para una corte extranjera.

Gracia Vargas, con el decoro y modestia de su noble ser, reprimió las muestras exteriores de su agudo dolor; no lloró, no se quejó, no estuvo ni pretextó estar enferma para entregarse a él. Solo se la vio más callada y más metida en sí que lo había estado antes.

Su cuñada la observaba con malévola intención, y aunque no se le ocultaba cuánto sufría, dijo un día a su marido:

-Poco quería tu hermana al marqués, y así bien ves que no ha sentido gran cosa el fin de sus relaciones. Tu hermana es fría como una lechuga, y lo que quería era ser marquesa; y puesto que esas uvas están verdes, lo que debe hacer ahora es querer ser rica, y para eso que se case con D. Arturo, que acaba de tomar de una mala deuda una hermosa carretela con dos yeguas normandas, y se paseará en coche como una duquesa. Te he dicho ya antes de ahora que trates de persuadirla a que consienta en ese casamiento, que para ella es una buena suerte. Si antes no quería porque le tenía el marqués trastornada la cabeza, puede que ahora se mire mejor en ello.

-Y yo, respondió Ramón, te tengo dicho antes de ahora, que no solo no influiré en mi hermana para que se case con ese hombre, sino que si fuese capaz de pensar en ello, me opondría a su determinación cuanto pudiese.

-¿Y si se aferra esa vana en aguardar a otro marqués, que no vendrá?

-Pará lo que quiera, mi hermana es libre en mi casa.

-Y si no le halla ¿tendremos toda la vida en casa esa pejiguera?

Nada pudo contestar Ramón, porque en este instante entró Gracia, a cuyos oídos llegaron las palabras de su cuñada; pero hizo como si no las hubiese oído, sonriendo con sincero cariño a su hermano.

CAPÍTULO XV

Algún tiempo después recibió D. Manuel la siguiente carta de Gracia:

«Mi querido padrino: muchas veces había oído hablar de hombres que dicen a las mujeres que las quieren sin quererlas, y que hallan un placer en captarse su cariño para abandonarlas luego con la mayor indiferencia. Estas como otras cosas las había oído sin poderme persuadir de que fuesen ciertas, o a lo menos las creía excepcionales y propias de almas dañadas como las que cometen otras maldades. ¿Cómo habría podido yo sospechar cosa semejante en el marqués de Benalí, en ese modelo (que por tal está reputado) del buen caballero! Y sin embargo, querido padrino, esto es lo que acaba de hacer aquel joven en quien usted creyó descubrir durante su primera juventud tanta nobleza y tanta formalidad. Un día, en cuya víspera me había pedido a mi hermano con el mayor cariño, dejó de venir sin mandar una disculpa, sin dar una razón. Mi hermano fue a preguntar por él a su casa y se le dijo que no había vuelto de su excursión; y a los tres días partió para el extranjero. Mi cuñada, muy afanosa para que mi desaire no se trasluzca, me quiere casar con un señor rico, amigo de mi hermano, que es tan tosco como grosero. Mi hermano no quiere, por cansa de sus malos antecedentes, lo que por fortuna me evita a mí dar una negativa a mi cuñada con más indignación de lo que convendría, pues hasta ahora he guardado con ella el silencio que usted me recomienda, y solo tengo que acusarme de que si bien en este silencio han entrado la obediencia a sus santos consejos y la prudencia, ha entrado también algún desdén. ¡Siempre ha de mezclarse con algo de malo lo poco bueno que hacemos!

Confesaré a usted con vergüenza, que en los primeros días me dejé dominar enteramente por la violencia de un acerbo dolor; pero ya me he hecho dueña de mí misma, como lo verá usted por el contenido de esta carta. Usted me decía en su última, al celebrar la noticia de mi casamiento (la que supo usted tarde por haberse perdido mi primera carta), que ya conocería por qué razón me aconsejaba usted algún tiempo antes el diferir mi entrada en las Hermanas de la Caridad, pues visto estaba que Dios me había querido para casada. Ahora digo a usted, padrino, que para lo que

Dios me quiere es para su santo servicio en la persona de sus pobres y desvalidos, y que aseguro a usted con toda la energía de mi voluntad, que nunca me casaré, y usted sabe que en mí todo es constante. No puede mortal alguno ocupar en mi corazón el lugar que ocupó Alfonso, ni nadie, ni aun él mismo, podría curar la herida que he recibido. ¿No es cierto, mi querido padrino, que existe en la mujer una dignidad natural, que sin estar reñida con la modestia la aparta de toda debilidad y bajeza? Pues esa dignidad me aparta para siempre del hombre que así pudo pagar un cariño que me inspiró con falsía, y me apartará igualmente de esta palestra cínica y misteriosa a un tiempo de las pasiones humanas, con la que hacen mala liga las personas sinceras, rectas y de buena fe.

No crea usted que hablo con acrimonia. No la tengo; lo que me ha sucedido es, como dice mi cuñada, demasiado cotidiano para que me pueda quejar. Así, si usted no se opone cruel y decididamente, entraré en breve en el Hospital, para lo cual he dado algunos pasos. Muchas razones hacen que no pueda permanecer por más tiempo en esta casa, en la que sufro de un modo cruel sin que aproveche a mí ni a nadie. Por Dios, no se oponga usted a mi firme determinación, ni me ponga en el caso extremo de faltar, desatendiendo su parecer, al respeto y obediencia que le debe esta su humilde ahijada y s.s.q.s.m.b.

Gracia Vargas de Toledo.

CAPÍTULO XVI

Dos años pasaron. Ninguno de los eventos que hemos referido, de tanta trascendencia en la vida de las personas que hemos presentado, había llamado la atención del público. La travesurilla del marqués de Benalí había sido al principio motivo de risa y solaz en los cafés y casinos; luego había caído, no en el Manzanares, sino en otro río mayor que corre por el mundo entero, el Leteo.

Busquemos empero a nuestros personajes, aunque muy distantes unos de otros.

Al marqués le hallamos en una corte extranjera, fino, digno y elegante como siempre; pero a la sonrisa alegre y benévola que hermoseaba su rostro y que le daba un aire juvenil que atraía, ha reemplazado una sonrisa escéptica y fría que le envejece. Es una rosa marchita que ha perdido su frescura y perfume, conservando solo las espinas. Las señoras de buen tono advierten con extrañeza que el tema favorito de su conversación es la sátira contra las mujeres, en la que invierte todas las sales de su ingenio, y notan en él el vulgar afán de anatematizar la hipocresía, haciendo de ella el blanco de todos sus tiros, reforzados con la enorme falange de lugares comunes que desde hace un siglo se han aglomerado en pos de Tartufe intentando hacer a la religión su cómplice. Para los que le observan de cerca es seguro que el orgullo y algún otro sentimiento agarrotado, pero no muerto, luchan en su corazón y amargan su vida. Hay en él, dicen, un lleno que le oprime y un vacío que le desquicia.

De la casa de Ramón Vargas de Toledo había huido, no solo el poco contento y la aparente paz que en ella hubo algún día, sino hasta la esperanza. Su mujer yace en su lecho víctima de un horroroso cáncer. Varias crueles operaciones ha sufrido sin que hayan logrado curar un mal que está en la masa de su sangre. Sus crueles e incesantes padecimientos han agriado su genio a tal punto que todas las criadas que sucesivamente han venido a asistirla se han despedido, no pudiendo soportar ni moral ni físicamente la asistencia que se les exige. El aseo extremado que necesita este mal está desatendido, lo que le agrava y emponzoña el ambiente. Su marido, víctima como los demás de la exasperación de una mujer que ni ama ni respeta nada, y al que por otro lado sus negocios apremian, hace lo que debe en poco tiempo y con un interés en que entra más la humanidad que el cariño; dispone juntas, busca asistencia, derrama dinero, pero ansía por alejarse de aquella mujer que fue fresca y hermosa y es un espectro, que fue cariñosa y es una furia, que seducía y ahora rechaza y hace huir.

No sabiendo qué hacer ni de quién valerse, Ramón se decidió a mandar venir una hermana de la caridad, lo que no dijo a su mujer, seguro de que se hubiese opuesto.

Cuanto tenía carácter religioso le causaba desvío, aumentándose éste, como suele suceder, a medida que más gravada sentía su conciencia. Veía desvanecerse cuanto el mundo seductor le había brindado, cuantas satisfacciones la vanidad le había ofrecido; ¿y qué le quedaba? nada. Vacío al rededor de sí, vacío en su interior, en su alma, en su corazón...

Y no obstante, la fortuna había favorecido a Gracia López, a Ramón y a Alfonso, hasta que la enfermedad de aquella puso término a sus goces y prosperidades, Habían hecho los tres lo que habían querido y logrado lo que habían deseado; las circunstancias no habían influido en su suerte ni doblegado su voluntad; ellos habían sido los dueños de las circunstancias, ellos las habían creado.

Pero busquemos a la pobre criatura esclava y víctima de ellos. Gracia Vargas atiende plácida y sosegada a sus penosos quehaceres en el hospital. Ha embarnecido a pesar de ellos, y la inalterable serenidad de su precioso y distinguido rostro muestra a las claras que hay para la criatura una clase de felicidad fuera de las condiciones en que los hombres la colocan y solo la creen posible, felicidad tranquila que olvida el recuerdo por la esperanza, lo presente por lo venidero, lo temporal por lo eterno. Pero esto el mundo lo niega, como el ciego niega la luz, o lo que es peor, como el que ve y niega lo que ve.

Es una sencilla verdad (y asombra que sea contestada) que es necesario despojarse de las cosas que envenenan y martirizan nuestra existencia como una túnica de Dejanira, y vestir la túnica del sacrificio para poder devolver la paz al alma y curar las heridas del corazón.

Cuando Gracia se enteró de que era en casa de Ramón donde se requería la asistencia de una de las hermanas, se apresuró a suplicar a la superiora que fuese a ella a quien se encargase esa misión: lo que le fue concedido.

Gracia López estaba en uno de sus accesos de exasperación. Se había quejado a su marido de la mala asistencia que tenía y del abandono en que se hallaba. Ramón, cansado ya de repetirle que había hecho cuanto humanamente era dable para evitar el extremo de no tener quien la asistiese (lo que era debido a que a todas cuantas habían venido a asistirla las había alejado su carácter violento y exigente), añadió que había escrito a la superiora de las Hermanas de la Caridad; rogándole que enviase alguna hermana en las circunstancias apuradas en que se hallaban. Gracia López, que era la oposición personificada, y que a todo por regla general empezaba por oponerse con violencia, lo hizo a la determinación de su marido con desesperado coraje.

-Pues qué, exclamó ¿es mi casa un hospital para que vengan esas desechadas a prestarme sus rutinarios cuidados y su fría asistencia? A lo que vendrán será a mandar en lugar de obedecer, y a predicar dormidas en vez de velar calladas. No, no quiero que se me acerquen. No quiero verlas; ¿me oyes?

CAPÍTULO XVII

En este instante se abrió la puerta y se presentó Gracia Vargas a los ojos de Ramón y su mujer, con rostro sereno, en el que se dibujó al ver a su cuñada la más tierna compasión. Ramón lanzó un grito de júbilo y corrió a abrazarla.

-¡Esto era lo único que me faltaba! exclamó Gracia López. ¡Vete! ¡vete de mi casa! ¡Te saliste de ella sin pedir licencia ni parecer a nadie, y tras la emancipada joven se cerró mi puerta para no volver a abrirse viviendo yo! ¡Aguarda a lo menos que muera para venir a engatusar a tu hermano con tus hipocresías y a tomar posesión de ella!

-Gracia, pobrecita, yo no vengo a tomar posesión más que de la cabecera de tu cama para asistirte, a lo que estoy obligada como hermana de tu marido y por el instituto de la orden a que tengo la dicha de pertenecer. Te prometo, Gracia, que si no acertase a contentarte, si mi asistencia no te satisficiese, regresaré al hospital en el momento que me lo indiques y hayan ustedes encontrado quien me reemplace; pero hasta tanto, te ruego, hermana, que no me despidas y tenga que alejarme de ti con el desconsuelo de dejarte sin asistencia.

Diciendo estas palabras Gracia Vargas, se había quitado el velo de lana negro en que venía envuelta, lo había doblado y colocado sobre una silla, y empezó a poner orden en aquella alcoba, en que estaba tan desatendido el orden como el aseo. Llamó a una criada de la casa, tosca y desabrida, la que guiada por ella con buenas y suaves maneras, fue prestándose cada vez con mejor voluntad a cuanto le fue indicado. Entre ambas, y con el mayor cuidado, arreglaron y renovaron el lecho en que yacía la enferma, a pesar de su resistencia y exasperación.

-Vienes a coronar tu obra de hipocresía, exclamaba esta, ofreciéndote a prestarme asistencia, cuando en realidad solo vienes a gozarte en verme padecer.

-No hay, Gracia, hipocresía en prestarte los servicios que desde dos años presto a los pobres del hospital: es mi destino, y obligación que con todos cumplo con gusto y celo; cuánto más no lo haré con la mujer de mi hermano. No soy una fiera para gozarme en tus padeceres, pues a lo que vengo es a aliviártelos en cuanto me sea posible: ¿qué motivos me llevarían a tal necedad?

-El aborrecerme, de lo cual me has dado mil pruebas.

-¿Cuáles han sido?

-Primero, que no hubo medio de hacerte venir al lado de tu hermano cuando quedaste huérfana, y eso no podía tener más causa que el no querer vivir a mi lado.

-Sabes, Gracia, que mi infeliz hermano menor estuvo mucho tiempo imposibilitado de ponerse en camino.

-A poco de haber llegado, como para ostentar todo tu desvío hacia mí, rehusaste un ventajoso y lucido porvenir, y te fuiste sin consentimiento de nadie a hacerte la interesante a un hospital.

-No necesitaba ni aun el del tutor que me dio la última voluntad de mi madre, puesto que había entrado ya en mi mayor edad. No obstante, se lo pedí y lo obtuve: ¿tienes más cargos que hacerme?

-¡Oh! muchos, los suficientes para que te aborrezca y me sea insufrible tu presencia.

-Pues te prometo alejarme en el momento que haya encontrado Ramón quien me reemplace en tu asistencia.

En este momento entró el cirujano para hacer la cura a la enferma. A pesar de lo acostumbrada que estaba Gracia a presenciar males espantosos, se quedó horrorizada de ver la extensión y profundidad del cáncer que devoraba todo el lado derecho de la enferma extendiéndose debajo de su brazo y profundizando hasta las costillas. Pero pudo reprimir su emoción con el hábito y valor que había adquirido en el ejercicio de su santo y admirable ministerio; fuerzas y valor superiores a las facultades físicas de la mujer; pero no a los ángeles que guían y sostienen a estas heroínas de la caridad.

El cirujano celebró con entusiasmo la ayuda que le prestaba Gracia a él y la que en su ausencia prestaría a la enferma, a la que dio la enhorabuena pronosticándole que con tal asistencia sus sufrimientos serían menores. El natural egoísmo de los enfermos triunfó entonces del repulsivo y envidioso tedio que inspiraba su inocente hermana a aquella mala alma, y Gracia permaneció a su lado. Por muchos días sufrió los desvíos y malos tratos de su cuñada, que poco a poco, merced a la paciencia de Gracia y al beneficio que recibía de su asistencia, se fueron templando. Por fin un día en que cansada de quejarse y agitarse violentamente, había quedado rendida y exhausta la enferma, dijo Gracia a su cuñada al ver que volvía de su paroxismo:

-¿Hermana, quieres que roguemos a Dios y a su bendita Madre para que te envíe conformidad y con ella la tranquilidad de espíritu?

-Oye, repuso volviéndose a agitar la enferma; aguarda a que el médico declare que es tiempo de prepararme, para venir a fatigarme más con tus beaterías. Eso me lo estaba yo temiendo desde que te vi llegar; no podía faltar, la hipocresía había de salir a relucir, aunque con las tales mojigaterías empeores mi estado y exacerbes mis fatigas.

-Hermana, repuso su enfermera, al proponerte que roguemos a Dios he pensado más que en nada en tu estado físico, pues si te otorga tranquilidad de ánimo, ella más que ninguna medicina ha de templar la excitación de tus nervios y la irritación de tu sangre, y tú misma juzgarás, si Dios nos oye, del alivio que sentirás. Mira, añadió poniendo a los pies de la cama un cuadrito, aquí está la Santísima Virgen de Gracia, tu patrona y la mía: no nos negará ella su misericordiosa intercesión, la que vamos a pedirle ambas.

Diciendo esto, Gracia Vargas se arrodilló ante la Santa Imagen y empezó a rezar.

Gracia López, por malvada que fuese, por olvidados que tuviese los principios santos de la religión, había sido bautizada, criada y confirmada en ella, y la comprendía.-El timbre superior de la religión de Cristo conservada sin bastardear en su Iglesia es, no el preservar de la culpa al hombre que nada pone de su parte, sino el dejar en su conciencia el conocimiento del mal, y de esta suerte hacerle posible el arrepentimiento, sola y única rehabilitación del prevaricador, solo y único medio de alcanzar el divino perdón; y por eso el católico implora para sí y pido para los demás el perdón de sus pecados para alcanzar una buena muerte, esto es, que el que va a comparecer ante el supremo tribunal lleve consigo ese arrepentimiento, esa protesta contra la culpa, ese divorcio con la impiedad que solo pueden alcanzar el misericordioso y divino perdón. A cuántos pecadores contritos y fervorosos, libres del orgullo que perdió a Luzbel, habrá consolado el Señor en su divina Eucaristía, recibida en el Viático, como a Dimas, con estas dulces y consoladoras palabras: «¡Hoy serás conmigo en mi reino!» Mas ¿puede acaso dirigirse esta promesa de misericordia a la impenitencia final, al suicidio del alma?

-¡Madre mía de Gracia! proseguía la suplicante, salud de los enfermos, consuelo de los afligidos, ten compasión de esta tu hija, bautizada con tu santa y bendita advocación en tu sagrado templo! ¡Mediadora nuestra, alcánzale la salud si le conviene, y si no obtenle al menos algún alivio en su padecer, y sobre todo paciencia y conformidad para soportarlo con la santa resignación y mansedumbre de que el Señor, y tú, Madre mía, nos habéis dado ejemplo!

Varias veces, durante la oración de Gracia, había salido de los cárdenos labios de su cuñada la dulce exclamación de ¡Madre mía! no traída a ellos por la rutina tan genuina, general y extendida en la católica España, sino salida del fondo de su corazón como el espontáneo suspiro del enfermo que despierta de un pesado sueño. Gracia seguía arrodillada, y con voz cada vez más sentida y fervorosa prosiguió implorando al Señor con un acto de contrición que de esta suerte concluía:

Para enmendar lo pasado
y perseverar resuelto
en vuestro santo servicio,
lo ruego con tanto afecto,
que hasta la muerte la pido
y hasta la muerte la quiero,
por no llegar a ofenderte

Al repetir esta última plegaria prorrumpió la enferma de repente en un copioso llanto.

-¡Pobre hermana mía! dijo la suave hermana de la caridad abrazándola.

-¡Perdóname, Gracia! ¡perdóname, inocente! ¡perdóname, bendita! exclamó la enferma.

-Calla, hermana, calla o me alejo; ¿me vas acaso a pedir perdón por las impertinencias tan naturales en los enfermos? ¡Demasiado pocas tienes para lo que padeces, pobrecita mía!

-¡Demasiado poco padezco para lo que merezco! repuso la enferma redoblando su llanto.

-Ese es un pensamiento cristiano, hermana mía, dijo con suave gozo Gracia Vargas, y ya notas el favor y gracia que la santa Madre que hemos invocado te ha conseguido; pero no te debe apurar, sino consolarte.

-¡Si tú supieses!... prosiguió la enferma.

-¿Tus culpas?¡si tú supieses las mías! cada cual tiene que implorar por ellas misericordia y perdón. Pero calla, no te agites más, calla, te lo pido y te lo mando. Levanta tu corazón a aquel que los purifica y consuela.

Desde aquel día la enferma, resignada y paciente, todo lo sufrió con inusitada mansedumbre, demostrando a su cuñada una gratitud exaltada y un cariño triste que se deshacía frecuentemente en lágrimas.

-Eres una santita, decía Ramón a su hermana en los pocos momentos que podía hablarla fuera del cuarto de la enferma; una santita que hace milagros.

-¡Milagros yo! ¿a qué aludes?

-Al cambio verificado en Gracia, que hace poco era una furia y la has convertido en manso cordero.

-Verdad es, Ramón, que es un milagro, pero no hecho por mí.

-¿Pues por quién?

-Por la Virgen de Gracia, Ramón.

CAPÍTULO XVIII

Un día entró Ramón en el cuarto de su mujer, y la halló en un estado de gravedad tal, que la habrían mandado administrar los facultativos a no haber ella misma solicitado días antes prepararse y que le trajesen un confesor. La mansedumbre admirable que había adquirido y que en su progresivo padecer conservaba, el cariño humilde que tanto a él como a su hermana demostraba, habían hecho que Ramón se apegase más a ella y permaneciese más tiempo a su lado. En la clase de mal que llevaba a Gracia al sepulcro, es sabido que la cabeza no padece y que se conserva el entendimiento claro y sin ofuscación hasta el último momento.

Ramón estaba preocupado. Su hermana, atendiendo exclusivamente a la enferma, no lo notó; pero esta le preguntó con débil voz:

-¿Ramón, qué tienes?

Ramón contestó al punto:

-Acabo de encontrar al marqués de Benalí, no sabía su regreso, y la sorpresa unida a mi resentimiento me ha trastornado.

La escasa luz que había en el cuarto y su misma preocupación, impidieron a Ramón notar dos cosas que ambas le hubiesen sorprendido igualmente. La primera fue que el nombre del marqués no causaba en su hermana ninguna impresión, y la otra, la mucha que causó este nombre en la moribunda.

A la mañana siguiente el aspecto del cuarto de la enferma era lúgubre. La noche había sido espantosa. Ramón se había alejado lleno de horror. Las criadas no se atrevían a entrar en el cuarto, porque la enferma causaba el mismo miedo que un cadáver frío e inmóvil, pero aún con vista en los ojos y palabras en sus blancos labios. Solo Gracia, agitada y trémula a pesar de estar acostumbrada a ver muertes, agonías y horrores, continuaba inseparable de la cabecera de su cuñada. Esta pocos momentos antes había sido administrada, y después se había ausentado su confesor para evacuar un encargo que la moribunda le había hecho.

-¿Y Ramón? preguntó con más tristeza aún que extrañeza la enferma.

-Ha ido, contestó con embarazo su hermana, a una subasta del gobierno; le era humanamente imposible faltar a ella por ser el representante de casas extranjeras y poderosas: comprenderás, hermana, que tales intereses no se pueden abandonar.

-¡Oh sí! lo comprendo, repuso Gracia López; los intereses materiales tienen hoy sobre todos los demás la preferencia. ¿Cómo podría quejarme de eso yo que hasta hace poco he seguido la misma doctrina? ¿Cómo me quejaría de que no exista un amor y un apego que no he sabido ni me he esforzado en conservar?

Un triste y solemne silencio reinaba en aquella habitación. La administrada parecía descansar dando gracias.

Su cuñada, hincada de rodillas entre la pared y la cama, oraba, lloraba y ocultaba sus lágrimas apoyando su frente sobre los colchones de la cama.

Este silencio fue interrumpido por el confesor, que abrió la puerta y dijo:

-Hija, aquí está la persona que deseabais ver: dicho lo cual se retiró y cerró la puerta.

La persona que había introducido el sacerdote, que era el marqués de Benalí, venciendo el asombro que le causaba el contemplar a aquella mujer que dos años antes había visto tan hermosa y arrogante y llena de vida convertida en un inmóvil y espantable esqueleto, y dominando por compasión la repugnancia que le producía aquella criatura, que siempre le fue antipática, se acercó y la preguntó en tono serio, pero suave:

-¿Qué me quiere usted, señora?

-Que me escuche usted, repuso en voz queda la moribunda, y que después de haberme oído me perdonen ambos agraviados, si es que cual nuestro Criador tienen misericordia y dan mérito al arrepentimiento y valor a la expiación.

La enferma calló un rato para tomar nuevas fuerzas.

-¿Que yo tenga algo que perdonar a usted? preguntó el marqués, temiendo que aquellas palabras que había oído fuesen hijas del delirio.

-¿Se acuerda usted, prosiguió la moribunda, de una carta anónima que recibió por el correo pocos días antes de marchar al extranjero?

Este recuerdo inesperadamente evocado hirió a Alfonso como una estocada en una oculta herida enconada, y exclamó:

-¿Quién ha podido decírselo a usted?

-¿Sabe usted quién la escribió? dijo con angustia la infeliz.

-No, y lo siento, porque fue sin duda un hombre honrado, un amigo, que me evitó caer en un precipicio.

-¡Se equivoca usted! suspiró la moribunda, como todos los que ven en un anónimo el interés, y no el odio a aquel a quien daña.

-¡Ah! no, aquí la tengo, pues siempre la llevo conmigo puesta sobre el corazón como una égida contra el amor fingido y las astucias de las mujeres. Ella me salvó de haber hecho compañera de mi vida y madre de mis hijos a una mujer indigna de serlo. Ella me salvó de haber sido objeto de la menos preciadora lástima de los cuerdos y de la insultante burla de los que valen menos que yo.

-¡Pues ella fue una calumnia! dijo con energía Gracia López;

-Eso no: las verdades que encerraba eran demasiado patentes; no quiera usted disculpar a la hora de la muerte a una cuñada a quien tan poco armó en vida.

La moribunda dio un gemido y llevó a sus labios la mano de su cuñada que tenía entre las suyas.

-Sobre todo, oiga usted, prosiguió el marqués sacando del pecho una pequeña cartera, y de ella una carta que desdobló: y acercándose a una lamparilla que ardía ante la imagen de la Virgen de Gracia, se puso a leer:

«Carmona a tantos...

«Un sujeto de esta vecindad que tiene de su persona de usted las mejores noticias, cree que es un deber de honradez evitar el que sea usted víctima de gentes sin conciencia y perversas que con la mayor hipocresía le han urdido una trama. Me cuesta repugnancia decirlo, y quizás no lo haría a no ser el caso tan público aquí que nadie lo ignora. Todo el mundo sabe que D. Manuel Sánchez, padrino de Gracia Vargas, si ha mantenido la casa, si ha educado a la niña, si costeó la enfermedad del padre y le ha erigido un túmulo, si ha costeado los estudios del hermano y enviádolo a Madrid, no lo ha hecho por caridad cristiana; que por caridad cristiana no se roba al marqués ciego, de quien es capellán, para hacer gastos tan cuantiosos. Así fue que cuando se murió su madre, no se fue Gracia con su hermano como debió hacerlo, sino que se quedó por disposición de D. Manuel en Carmona. Todo esto salta a la vista, y quien no lo ve es que no quiere verlo. Pero aun los hipócritas tienen sus descuidos, y así ha sucedido que el capellán del marqués al salir de su casa prendió fuego a un papel para encender un cigarro, tirándolo casi consumido. No faltó quien lo recogiera, y es el pedazo de una carta que remito a usted para que se convenza: papel que ha andado aquí de mano en mano, y que yo guardé para evitar el escándalo y para remitírselo, impidiendo así que un hombre caballero y confiado sea víctima de una trama hábilmente urdida.»

En seguida desdobló el marqués un pedazo de carta cuyos bordes estaban ennegrecidos por el fuego, que había consumido lo demás, el que contenía estos renglones que leyó en alta y estridente voz:

«Usted es el único hombre que ha llenado mi corazón.»

Gracia Vargas de Toledo.

Mientras el marqués leía Gracia Vargas había levantado la cabeza, después se había puesto de pie, y con los ojos asombrados y sonrojado el rostro de vergüenza, escuchaba absorta, trémula e indignada.

Cuando el marqués hubo concluido, cruzó sus manos exclamando con voz ahogada:

-¡Qué infamia!

El marqués, que no había notado su presencia, se volvió hacia su lado, y al verla exclamó a su vez con profundo dolor y concentrada indignación:

-¡Cierto, qué infamia!

La moribunda, haciendo un supremo esfuerzo, dijo dirigiéndose al marqués:

-No fue un amigo vuestro ni un hombre honrado quien escribió esa carta; la escribió una mujer malvada, por odio, celos y envidia, pues esa carta calumniosa y perversa la escribí yo.

Gracia, al oír esta declaración inaudita, se cubrió el rostro con ambas manos.

-Puede ser, dijo el marqués con tono amargo y despreciativo, pero ¿y la carta de la interesada en que todo queda confirmado?

-La carta, prosiguió la enferma haciendo un heroico esfuerzo, que yo sustraje al criado que la llevaba al correo, iba dirigida por Gracia a su padrino, y había en ella un párrafo que decía así: Temo escribir con libertad excesiva, pero Alfonso, bien lo sabe V., es el único hombre que ha llenado mi corazón. Quemó la carta hasta la palabra sabe, y truncada la primera frase quedó unida a la siguiente formando con ella distinto sentido.-¡Si podéis, perdonadme por Dios, perdonadme para que muera tranquila!

Gracia se echó sin titubear al cuello de su cuñada diciendo:

-Perdonada estás, hermana mía, perdonada de corazón, y tanto más cuanto que no es un acto de generosidad el que me pides, sino un acto de justicia, pues la expiación anula la culpa; y tú has expiado la culpa con la noble y esforzada declaración que acabas de hacer, con tu arrepentimiento y tu terrible padecer.

-Escríbele a D. Manuel que me perdone, rogó la culpable.

-No, contestó Gracia, lo debe ignorar todo; pídele a Dios perdón de una ofensa que no le puede dañar y que ignora el agraviado.

Alfonso al descubrir y convencerse de tamaño crimen, se había quedado inerte de pasmo y de indignación; mas al considerar que le había costado la felicidad de su vida, y que su mismo afán por la opinión pública era lo que le había traído a perder su buen concepto con su inexplicable conducta, dando suelta a todas las iras y dolores de su corazón, exclamó:

-No, no, yo no perdono. Muchos hay en los presidios arrastrando cadenas cuyos delitos no admiten comparación con el imperdonable, el pérfido y denigrante anónimo, que fraguan mancomunados la vileza, la cobardía, la envidia, la calumnia y la crueldad. En esta época de trastorno social, de trastorno de ideas y de opiniones, todos los vicios y crímenes se han querido defender y disculpar achacándoselos a la mala organización de la sociedad. Al robo, al asesinato, al adulterio, a la prostitución, a todos se les ha prestado una fuente pura: todos han sido disculpados y se han hecho interesantes en sus perpetradores; pero los mismos que idealizan la maldad no han osado, no se han atrevido a justificar la calumnia del anónimo a pesar de los recursos de su fértil y viciada imaginación. El vil anónimo es tal, que hace sonrojarse aun al cinismo; al lado de ese horrible mal causado al prójimo con premeditación, a sabiendas e impunemente, los venenos de los Borgias que no hacían más que quitar la vida, son beneficios. ¡Perdón! ¿y para quien? ¿para el que después de cometida su obra infernal queda gozándose en los estragos que ha hecho, y necesita que venga la muerte para despertar un tardío y temeroso arrepentimiento? ¡Nunca! hay cosas que si se perdonasen envilecerían el perdón.

La moribunda dio un gemido y cerró los ojos.

-Sois más cruel que ella lo ha sido, dijo Gracia deshecha en lágrimas; negar el perdón al arrepentido es el más inhumano de los procederes para con nuestros semejantes, es aun peor que el que estáis motejando.

-Pues más injusto, repuso Alfonso, sería dejar pasar impunes cuando se llegan a descubrir. Esos delitos que avergonzados de sí mismos se refugian como en segura guarida en el misterio: en el misterio, que es el más vil de los auxiliares de la maldad.

¿Perdonar a esos malvados que gracias a él osan transitar con su maldita cabeza erguida entre las gentes honradas? ¡nunca! ¡Vileza! ¡infamia! ¡voces que aterran aplicadas a las acciones de los hombres! ¿Acaso, prosiguió exaltándose por las mismas reflexiones que en tropel le asaltaban, acaso no había dispuesto unta antigua ley que fuese cortada la mano del incendiario? pues ¿por qué, con más razón y justicia, no se ha dispuesto también que al infame que no contento con reducir a cenizas una parte de los bienes de sus semejantes, les arranca su honra y les destruye su suerte, se le corte no ya la mano, sino el brazo?

-Justa es vuestra sentencia, y yo, sometida a ella, ruego a Dios que sirva de expiación a la mísera que la ha sufrido, dijo la moribunda con débil voz y señalando a Alfonso un velador con piedra de mármol sobre el que se hallaba un objeto cubierto con un lienzo. Ved, añadió, alzad ese paño.

Alfonso se acercó al velador, alzó la toalla y retrocedió con una exclamación de asombro y de horror. Sobre aquel velador estaba extendido un brazo con su mano inerte, helado, muerto. Habiendo destruido la acción del cáncer todos los nervios y ligamentos del brazo derecho de la enferma, éste se había desprendido en la pasada noche, como lo habría hecho el de un esqueleto, y había sido depositado allí.

-¿No está la infeliz bastante castigada? dijo con su dulce voz la hermana de la caridad.

Alfonso, consternado y conmovido, se acercó a la cama de la moribunda, y le dijo:

-¡A mi vez, Gracia López, imploro vuestro perdón! habéis expiado y estáis redimida para con Dios y para con los hombres.

La emoción que estas palabras produjeron en la agonizante la hizo perder el sentido. Gracia corrió a llamar al confesor que estaba en el cuarto inmediato, el que acudió mientras ella empezaba a auxiliar a la moribunda haciéndola respirar un espíritu. Al cabo de un momento entreabrió esta los ojos; al ver a su confesor se pintó en su cárdeno semblante cierta expresión de sonrisa, diciéndole en casi ininteligibles palabras:

-¡Padre! ¡me, han perdonado!

-Así debía ser, contestó el sacerdote.

-¡Bendecid, pues, a la reconciliada con Dios y con los hombres, padre!

-¡Con toda mi alma, hija mía!

Y el padre la bendijo. Entonces levantando los ojos al cielo y alzando la voz, exclamó la moribunda:-¡Bendita sea la clemencia divina, y la clemencia humana hija de aquella! ¡bendita sea la religión!

Sus ojos se cerraron, su cabeza se inclinó sobre su pecho.

-Recemos el Credo, dijo el sacerdote postrándose de rodillas al par de Gracia y Alfonso.

En la cama yacía un cadáver.

CAPÍTULO XIX

El hombre mientras está en el mundo, aun no siendo más que un cadáver, necesita del cuidado y ayuda de los que le sobreviven, así como después de muerto ha menester de sus sufragios y oraciones. ¿No debería este solo pensamiento extinguir en su corazón toda hostilidad contra sus semejantes? Alarguémonos todos la mano de amigos y de hermanos ante la horrible fantasma de penas, de males, de muerte aislada y desamparada, que no hay valor, por brutal que sea, al cual no arredre.

El confesor se alejó para ir a disponer el féretro, los blandones y paños mortuorios, todas esas necesidades y honras debidas y usadas con los cadáveres.

Gracia se acercó trayendo un pañuelo de holanda para cubrir el rostro de la difunta, el que libre de la acción del padecer y de la inquietud, se iba serenando y tomando esa belleza austera y majestuosa que hace a los muertos tan respetables. En seguida salió para mandar avisar a su hermano y a una de sus compañeras, con objeto de que esta la ayudase a amortajar a la que había fallecido.

-Gracia, exclamó Alfonso que la había seguido al cuarto inmediato, postrándose ante ella cuando se hallaron solos; ¿y tú acaso podrás perdonarme?

-Para perdonar es preciso haber tenido resentimiento, respondió Gracia, y puedo asegurar a V. que nunca lo he tenido. El amor sin mezcla de sentimientos bastardos y personales, causa dolores, pero no resentimientos. Que sea V. feliz ha sido mi cotidiana oración al cielo, y lo será siempre. Le amé a V., y el recuerdo que ha quedado en mi corazón le hará siempre para mí un objeto de benévolo interés.

-¡El recuerdo! ¿pues qué, Gracia, ya no me amas? ¿no consentirías acaso en hacerme feliz uniendo tu suerte a la mía?

-Eso ya no puede ser.

-¿Por qué, santo Dios?

-Porque no puedo amar al hombre en cuya preferencia hacia mí no había ni amor, ni fe, ni aprecio; a un hombre a quien bastó para alejarse de mí un miserable anónimo, sin pararse a averiguar su origen o a examinar sus causas, sin desentrañar la verdad que pudiese tener, sin dignarse siquiera participarme el motivo, cerrando así la entrada a toda justificación, y no desatando, sino cortando con el más afilado de todos los puñales, el desprecio, unas relaciones que fueron el único rayo de sol de mi opaca vida. No, no, repito; el hombre que esto hace, ni ha amado ni amará nunca, porque hay en su alma otro sentimiento superior al amor. Si un anónimo pudo extinguir su amor de V...

-¡Extinguirlo! ¡oh! nunca, Gracia.

-Pues aun concediendo que sin extinguirlo pudo enterrarlo vivo, la conducta que usted siguió, sin paliarla siquiera, me ha probado cuán fácilmente, fuese cual fuese la causa, podía V. pasar del cariño al desvío, del aprecio al desdén: lo cual le hizo aparecer a mis ojos como un hombre distinto de aquel que yo había amado. Muy bien y con razones muy contundentes anatematizó V. el anónimo; pero mal estaba en sus labios el hacerlo, y mejor hubiera estado en los de otro que lo hubiese despreciado cual ese vil medio de dañar lo merece. ¿Tan oculto pensaba V. que pudiera mantenerse el mal, que solo una persona lo supiese? Tan prudentes o egoístas creía V. a sus amigos, que todos callasen al verle engañado y seducido, y que les sobrepujase en interés hacia V. un extraño? ¿Acaso pensaba V. que el que da un benéfico consejo y lo hace con buen fin oculta cuidadosamente su nombre? Basta pararse un poco para convencerse de que la buena intención, como los rayos del sol, ni puede buscar una marcha torcida u oblicua, ni ocultar su elevado origen. En los males causados por tan infame medio cabe casi tanta parte al que forja la calumnia como al que le presta asenso, concediendo a un extraño que desde luego se presenta como un malvado, esa fe de que despoja a las personas que pretende querer. Dícese que el modo de burlar y desvirtuar los ataques de la malignidad es desatenderlos; con tanta más razón debe este consejo del buen sentido aplicarse al más abominable de los medios de ataque, al más perverso de los ardides. Pero para V. esa voz de los abismos ocultos de la maldad pudo más que el aprecio, más que la buena opinión y que el cariño a que creí ser acreedora y merecerle; así fue que le lloré a V. por muerto, y no me quedó para aquel en quien se había trasformado sino extrañeza e indiferencia.

-Pero el primero ha resucitado, Gracia.

-No, Alfonso; yo soy la que mediante la confesión de la pobre difunta, que esté en la gloria, he resucitado para V.; me vuelve V. a ver libre de culpa, pero también decidida a no unir mi suerte a quien no puedo amar, y resuelta a seguir, sin dejarla, la senda en que hallé el consuelo, la tranquilidad y una dicha moderada, pero independiente y segura.

-Esto y más hallarás a mi lado, Gracia; soy caballero, te debo una reparación, y te la daré cumplida.

-La agradezco sin admitirla, repuso Gracia con una imperceptible sonrisa; tardo en decidirme, pero decidida no vacilo. La barquilla que halló puerto tranquilo y seguro, no vuelve a salir al mar por más sosegado y espléndido que se le presente. Cuando me faltaron aquellos más dulces y profundos amores de la vida, el que presta y el que recibe amparo, esto es, mi madre y mi pobre hermano; cuando me vi sola y aislada, desatendida de mi hermano mayor, rechazada por quien debió ser mi hermana, abandonada por el hombre que me había inspirado y demostrado tanto amor, acudí al amparo de un Padre que no muere, y cuyo amor no desatiende, no rechaza, no abandona. Me abrió sus brazos, me consoló y confortó, me dio fuerzas, resignación y esperanza. Entonces mi corazón le preguntó: ¿Con qué pagarte, Señor, tantos beneficios? ¿Cómo demostrarte mi gratitud?-Y él contestó a mi corazón: Amándome y demostrándome tu amor, amando y sirviendo a tus hermanos desvalidos, y a mí en ellos.-Obedecí, y hallé cuanto en el mundo no había encontrado: paz, satisfacción, dulzuras y esperanzas; ¿y cree V. posible que ahora le dijese desertando del puesto que me señaló: ¿no necesito ya de este tu amparo, al que me acogí transitoriamente, pues he hallado otro preferible?

-¿Conque, exclamó Alfonso, rechazarás mi cariño? ¿me dejarás por tus groseros, repugnantes e ingratos enfermos?

-Sí, porque su grosería, sus males y sus ingratitudes, no llegan a lastimar mi corazón.

-Eso, dijo herido en su cariño y en su amor propio Alfonso, con alguna altivez, eso es extravagante y hasta ridículo.

-La débil arma de la malignidad que se llama el ridículo, respondió Gracia, solo hiere al amor propio.

-¡Qué corazón tan frío! exclamó Alfonso en tono de reconvención y de dolor.

-No lo han creído así mi madre, mi hermano y la que acaba de morir.

-Lo que te han inspirado no ha sido amor, ha sido compasión.

-Y aunque así fuese, repuso Gracia, ello no probaría un corazón frío, puesto que la compasión es amor, el más puro, el más tierno y consagrado de los amores. Pero añadió encaminándose hacia el cuarto mortuorio, me llaman al lado de mi pobre cuñada el deseo y el deber de prestarle el último servicio, el de amortajarla. Adiós, Alfonso, dentro de ocho días agradecerá V. a la pobre hermana de caridad la determinación que en este instante merece su censura.

-¡Qué cruel despropósito! ¡Gracia! ¡Gracia! ¿qué ha podido infundírtelo? dijo asombrado Alfonso.

-Las que en el mundo nos dedicamos al servicio de Dios en la asistencia de los enfermos, aprendemos a conocer así los males físicos como los morales que aquejan a la humanidad.

Diciendo esto Gracia, entró en el cuarto mortuorio, impidiendo con un gesto de grave y severa dignidad que Alfonso la detuviese.

FIN

Epílogo

Gracia había acertado; ocho días después Alfonso se decía a sí mismo mientras vestía su uniforme de diplomático adornado con la llave de gentil hombre, que acababa de recibir, para ir a palacio a dar gracias a la reina por tan distinguido favor:

-No hay duda que las mujeres son atinadas y tienen mas tacto que los hombres. De los salones se puede dignamente bajar a los hospitales; pero subir de los hospitales a los salones, se ve poco, y si se viese daría pábulo a la burlesca mordacidad de las gentes. Por cierto que el desenlace de nuestros amores no ha sido ni novelesco ni sentimental, y lo rechazaría por prosaico la novela cuya atribución es crear; pero lo admitiría desde luego el cuadro o novela de costumbres, cuyo objeto es pintar las cosas como realmente son.